शर्मा जी का लड़का

(कहानी-संग्रह)

शर्मा जी का लड़का

उज्ज्वल मल्हावनी

ISBN : 978-81-948444-8-8

प्रकाशकः
हिंद युग्म ब्लू
सी-31, सेक्टर-20, नोएडा (उ.प्र.)-201301
फ़ोन- +91-120-4374046

मुद्रक : श्री मैत्रे प्रिंटेक प्रा. लि., ए-84, सेक्टर-2, नोएडा
कला-निर्देशन : विजेन्द्र एस विज

पहला संस्करण : 2021
मूल्य : ₹150

Sharma Ji Ka Ladka
A collection of short Stories by *Ujjwal Malhawni*

Published By
Hind Yugm Blue
C-31, Sector-20, Noida (UP)-201301
Phone- +91-120-4374046
Email : sampadak@hindyugm.com
Website : www.hindyugm.com

First Edition : 2021
Price : ₹150

समर्पण

माँ-पिताजी

लोग कहते हैं
भगवान एक है
पर मेरे दो भगवान हैं
कभी-कभी ये
तीन हो जाते हैं
तीसरे भगवान के
भगवान होने पर
अभी मुझे संदेह है
कभी उसे देखा नहीं
मिला नहीं
छुआ नही
पर कभी-कभी
महसूस किया है शायद!

आभार

आदरणीय कर्तव्य भैया, जिनके सुझावों को आत्मसात करने के बाद ही कहानियाँ पूर्णता को प्राप्त हुईं एवं आप सभी पाठक जिनके बिना कोई भी लेखक कलम नहीं उठाता।

मैं दिव्य प्रकाश दुबे भैया का विशेष धन्यवाद करना चाहूँगा जिन्होंने अपनी व्यस्तता के बाद भी प्रकाशन क्षेत्र की बारीकियों से मुझे अवगत कराया। साथ ही संग्रह के संदर्भ में अपनी अमूल्य टिप्पणी देकर पुस्तक की सुंदरता में श्रीवृद्धि की।

विचारों के पंख

मैं आप में से एक हूँ। आप ही की तरह एक पाठक। एक पाठक जो विस्मित होता है कि आखिर एक रचनाकार कैसे कल्पनाओं की इतनी परतें एक के बाद एक गढ़ते चला जाता है! कैसे कोई अपने शब्दों को इस तरह से आवाज दे देता है कि पढ़ने वाला हर शख्स मानो श्रोता बनकर उन शब्दों की गूँज से प्रत्येक पृष्ठ के साथ रोमांचित होता जाता है! इन किताबों को पढ़ते-पढ़ते हर एक पाठक की तरह मैं भी यही सोचा करता था कि क्या कभी ऐसा दिन आएगा कि मैं भी साहित्य की दुनिया के इन मँझे हुए सृजनशील रचनाकारों की तरह कुछ लिख पाऊँगा? क्या मुझे पढ़ने वाले लोग भी उसी तरह दंग होंगे जैसे कि मैं किसी साहित्यकार के अथक परिश्रम के बाद मूर्त रूप में आई उसकी कृति का आस्वादन करते वक्त आश्चर्य की लहरों से टकराने लगता हूँ?

सवाल तो कई थे पर जवाब सिर्फ एक ही था; पहले मुझे लिखना था, मुझे शुरुआत करनी थी। इसके बाद ही तो कोई साहित्य प्रेमी आकलन करता कि साहित्य लेखन की इस भीड़ में मुझ जैसा पाठक, जो लेखक बनने चला है, कहाँ ठहरेगा? मैंने लिखना आरंभ किया, अपनी शुरुआती रचनाएँ परिवार एवं मित्रजनों को पढ़ने हेतु प्रेषित कीं। जब अपनी रचनाओं के विषय में उनका सकारात्मक मंतव्य प्राप्त हुआ तब मुझे ऐसा अनुभव हुआ जैसे कि मेरा लिखा हर अक्षर एक मोती बन गया है, जो प्रत्येक पढ़ने वाले के चेहरे पर मुस्कान बिखेरने की योग्यता रखता है। प्रारंभिक प्रतिक्रियाएँ सुकून देने वाली थीं जिनसे मिला

प्रोत्साहन तो ऐसा प्रतीत हुआ कि मानो मुझे नये पंख ही लग गए हैं, जिनके सहारे से मैंने भी बाहें फैलाकर अपने इस नये सफर में उड़ान भरना शुरू कर दिया।

'कल तक जिसे चलने की चिंता थी
आज वह दौड़ने लगा है
विचारों के पंख मिले हैं
मेरा मन उड़ने लगा है।'

जब विचारों के पंख लगते हैं तो साहित्यकार कल्पनाशीलता की ऊँची उड़ान भरने लगता है। ऐसी उड़ानें जो समय के परे होती हैं; उस वक्त वह दुनिया में एक नयापन देखता है। आमतौर पर जिन दृश्यों को सामान्य लोग नजरअंदाज कर देते हैं, एक रचनाकार उनमें सृजन की अनुपम क्षमता देखते हुए कुछ ऐसा समेट लाता है जो पढ़ने वाले को अचरज में डाल देता है। चीजें वही हैं, दुनिया वही है, जमाना वही है बस उसे देखने का नजरिया अलग होता है। मेरी भी दुनिया को देखने की दृष्टि मेरी इन कहानियों की सृष्टि का कारण बनी। मेरे लिखने का उद्देश्य सिर्फ धन या प्रसिद्धि नहीं है, किसी राही के चिलचिलाती धूप के सफर में उसे अपनी रचनाओं के माध्यम से सुखद छाँव का आश्रय देना भी इन प्रयासों में भावपूर्ण उपस्थिति रखता है।

उज्ज्वल मल्हावनी
ujjwalmalhawni@gmail.com
http://www.facebook.com/ujjwalg55

क्रम

जीवन की कीमत

देखा है क्या तुमने कभी
शिकार करते हुए किसी छिपकली को?
पीछा करना किसी कीड़े का
फिर तेजी से झपट्टा मारना
और तड़पना उस कीड़े का
जीवन की जद्दोजहद करना
जबकि जानता है वो
जीवन का कोई ठौर नहीं
आज एक छिपकली है
होगा कल कोई और
जिसकी भूख बढ़ चुकी होगी
नहीं तो हो सकता है कभी
वो आ जाये तुम्हारे ही
पैरों के नीचे
लेकिन उसका संघर्ष
चलता रहेगा
क्योंकि वो समझता है
जीवन की कीमत
कि वो नहीं कूदता छतों से
न उसको फाँसी से ही
कुछ मतलब है।

-उज्ज्वल मल्हावनी

नागिन डांस

“17 मार्च, 2007 का दिन भारतीय क्रिकेट इतिहास में काले दिन के रूप में जाना जाएगा।”

“राहुल द्रविड़ जैसा टेस्ट प्लेयर वनडे टीम का कप्तान, वो भी वर्ल्डकप में, आर यू जोकिंग विद द होल कंट्री?”

“माफ करना, दादा ने रन जरूर बनाए पर उनका स्ट्राइक रेट अनएक्सेप्टेबल था। युवराज सिंह की पारी को जरूर मैं अच्छा मान सकता हूँ।”

“दीवार में दरार नहीं पूरा छेद हो गया है, नाउ दिस इज द टाइम वी नीड टू थिंक अगेन।”

चैनलों को बार-बार बदला जा सकता था पर इस मैच का परिणाम नहीं, आखिर में रिमोट से टीवी बंद करने के बाद ऋषभ घर के बाहर निकल आया।

गली में बेमन से जमीन की ओर निगाह करके वो बढ़ा जा रहा था तभी सामने से आ रहे एक लड़के से वह टकरा गया। सामने से आ रहा वह लड़का भी उसी की तरह अनमना-सा था, उसकी नजरें भी सामने की जगह नीचे झुकी हुई थीं। दोनों ही आज इस तरह लग रहे थे मानो किन्हीं राजाओं ने उनका राज-पाट सब छीनकर उन्हें देश निकाला दे दिया हो- हताश, निराश, परेशान।

“ऐसे भी कोई खेलता है यार! आज का मैच तो सोचा था बड़े आराम से निकल जाएगा।” ऋषभ ने सौरभ को देखने के बाद फिर से नजरें झुका ली थीं।

“भाई, मुझे तो धोनी से बड़ी उम्मीद थी आज, पर उसका तो खाता भी नहीं खुला।”

“यहाँ सचिन-सहवाग भी कुछ नहीं उखाड़ पाए और तू धोनी की बात कर रहा है!”

"भाई, बांग्लादेश ने जो ये दर्द दिया है न, बड़े दिन तक रहेगा।"

कोलंबो के राणासिंघे प्रेमदास स्टेडियम में नीले रंग की छटा किसी समुंदर-सी लग रही है। उत्साह का ठीक वैसा माहौल बना हुआ है जैसे समुंदर की हिलोरें मारती लहरें नाचती-गाती हैं। जब देश को सपोर्ट करने की बात हो तो ये भारत के लोग कहीं भी पहुँच जाते हैं और बात क्रिकेट मैच की हो तब तो पूछना ही क्या? दुनिया के किसी भी कोने में मैच हो, हर जगह भारतीय फैंस नीले लिबास में स्टेडियम पहुँचे रहते हैं। और स्टेडियमों में ये नीलापन हो भी क्यों न, आखिर हम हैं ही इतनी संख्या में, वह भी हर जगह। मैच चाहे इंग्लैंड में हो रहा हो या न्यूजीलैंड में, दक्षिण अफ्रीका हो चाहे वेस्टइंडीज, हर जगह ही क्रिकेट को लेकर अलग ही सा जुनून चढ़ा होता है हम लोगों पर। कई बार तो स्टेडियम की लोकेशन तक नेट पर खँगालनी पड़ती है क्योंकि भैया होम टीम से ज्यादा बंदे तो हमारे यहाँ के बैठे रहते हैं। साला समझ ही नहीं आता कि ये मैच आखिर हो कहाँ रहा है?

कुछ समय पहले तक तो नीले रंग की जर्सी में गालों पर तिरंगा बनाए लोगों के बीच हर तरफ उत्साह और उमंग से छटपटाती, उछलती तरंगें दिखाई दे रही थीं, लोग उनकी तरफ कैमरा आने पर जंगलियों की तरह दाँत फाड़-फाड़कर तिरंगा ऊपर करके दिखा रहे थे। पर अब एक सन्नाटे ने उन्हें घेर लिया है। कुछ उत्तेजित चेहरों पर मायूसी छाने लगी है। किसी के हाथ जुड़े हुए हैं, किसी-किसी की आँखें बंद हैं और कोई तो न जाने कौन-सा मंत्र मन-ही-मन बड़बड़ा रहा है मानो इन बंद आँखों में बोले गए चार-पाँच शब्दों से जैसे कुछ चमत्कार ही हो जाएगा।

नीले रंग की इस भीड़ में दो लड़के हैं ऋषभ और सौरभ। दोनों ऐसे भारतीय फैन की तरह जिनकी नसों में खून दौड़ता नहीं रन बनाता है। उन्होंने भी पूरी शिद्दत से अपने दोनों गालों पर तिरंगा बनवाया था। सौरभ ने तो भारत की जर्सी से मेल खाती एक कैप भी डाली हुई थी।

पहली बार दोनों एक क्रिकेट मैच देखने दूसरे देश की जमीन पर आए थे। बल्कि यूँ कहा जाए कि दोनों जीवन में पहली बार विदेश आए थे। दोनों का व्यक्तित्व एक-दूसरे से बहुत अलग था। केवल एक ही समानता दोनों में थी कि

दोनों को ही क्रिकेट से बेइंतिहा लगाव था। यह लगाव ही उन्हें पहली बार दूसरे देश में क्रिकेट मैच का लाइव लुत्फ उठाने के लिए ले आया था।

नहीं-नहीं, समानता एक और भी थी, वो यह कि दोनों का ही फेवरेट प्लेयर था सचिन तेंदुलकर। पर इसे भी अब क्या ही समानता में गिना जाए क्योंकि भारत में जितने भी क्रिकेट के शौकीन लोग हैं, सचिन को खेलते देखना अमूमन सब ही का शौक है। खैर, सचिन तो वर्षों पहले रिटायर हो गए थे इसलिए दोनों का फेवरेट प्लेयर बदल चुका था। ऋषभ को अब रोहित शर्मा पसंद था तो सौरभ को विराट कोहली की बेटिंग कुछ हद तक सचिन की ही याद दिलाती थी।

आज के इस मैच में भारतीय टीम के साथ विराट कोहली के नहीं होने की वजह से कप्तानी का भार रोहित शर्मा के कंधों पर था। विराट कोहली के मैच में नहीं खेलने के कारण सौरभ तो यह मैच देखने बिलकुल नहीं आने वाला था पर ऋषभ ने अपने ऑफिस के रिसेप्शन पर बैठने वाली बंगाली ब्यूटी रिया सेन से उसकी बात कराने का वादा करके उसे मना लिया था।

एक रोज जब सौरभ ऋषभ के ऑफिस आया था तब से ही वह रिया की खूबसूरती पर लट्टू था और इशारों में उसने यह बात ऋषभ को बताई भी थी पर उसने कई बार उसे टाला था। आज एक मैच देखने के मौके के साथ रिया वाला काम तो फ्री में ही हो रहा था इसलिए वह इसके लिए मना नहीं कर पाया।

नीले समुंदर की उफान मार रही लहरें रोहित शर्मा के आउट होने के बाद से धीमी हो गई थीं। जैसे-जैसे ओवर बीत रहे थे नीले खेमे में शांति होती जा रही थी। वहीं दूसरी ओर दर्शकों का एक बड़ा वर्ग, जो हरे रंग की जर्सी में था, छलांगे मार रहा था। इस वक्त उनमें से शायद ही कोई हो जिसके बारे में कहा जा सके कि वह होश में है। हर बांग्लादेशी समर्थक खुशी से झूम रहा था, कुछ तो वहाँ बांग्लादेश टीम की विजय का सूचक 'नागिन डांस' तक करने लग गए थे। यह नागिन डांस अगर दर्शकों तक सीमित होता तो ठीक रहता, पर बंगलादेशी खिलाड़ी भी मैदान पर इसके भरपूर मजे ले रहे थे।

एक ओवर पहले तक तो अठारह गेंदों पर पैंतीस रन चाहिए थे, मुश्किल था पर उम्मीदें थीं। इस तरफ थोड़ी कम निराशा थी और उस तरफ थोड़ी कम छलांगें। पर इस ओवर में महज एक ही रन आया था ऊपर से एक विकेट भी भारत की टीम ने गँवा दिया था। अब आलम यह हो गया कि बारह गेंदों पर

चौंतीस रनों की दरकार हो गई थी। इस ओवर ने तो जैसे पासा ही पलट दिया था।

बांग्लादेश की तरफ से यह अठारहवाँ ओवर मुस्तफिजुर रहमान ने डाला था। इस ओवर ने मुश्किल को नामुमकिन में तब्दील कर दिया था। अब मैच में बस औपचारिकता ही बची है, कमेंटेटरों ने भी इस बात की घोषणा कर दी थी। सिर्फ एक ओवर ने कुछ उदासियों को गहरी उदासी में और कुछ चेहरों की चमक को सौ वॉट के बल्ब जैसे उजाले में बदल दिया था। बंगलादेशी खेमा मुस्तफिजुर को जितनी दुआएँ दे रहा था मैं दावे से कह सकता हूँ उससे कहीं ज्यादा लोग उसे गालियाँ दे रहे थे, न सिर्फ उस स्टेडियम में बल्कि अपने-अपने टेलीविजन से आँखें चिपकाकर बैठे हुए पूरे भारत के लोग।

लेकिन तब नीली जर्सी वालों को क्या पता था कि जिस विकेट के गिरने पर वो आँखों से आँसू टपका रहे थे, उन्हें तो भगवान के प्रति कृतज्ञता व्यक्त करनी चाहिए उसके गिरने के लिए और न ही हरी जर्सी पहने खुशी से उछल रहे लोगों को ही यह पता था कि यह विकेट नहीं गिर रहा है बल्कि ताश के पत्तों से बने उनकी खुशियों के महल में से एक पत्ता गिर रहा है।

उस विकेट के गिरने के बाद भारत में बहुत लोगों ने अपना टेलीविजन बंद कर दिया था। बहुत से लोग तो उस अवस्था में थे जैसे वर्षों से सँभालकर रखी उनकी इज्जत लुट गई हो। कुछ लोग अपना टेलीविजन बंद करके सो तक गए थे और सोच रहे थे कि ये जो आज श्रीलंका की जमीन पर बांग्लादेश के हाथों भारतीय क्रिकेट का चीरहरण हुआ है उसे बुरा सपना समझकर भूल जाएँगे। कम-से-कम कोशिश तो यही की जाएगी।

उस विकेट के गिरने के बाद वह खिलाड़ी मैदान पर आया जिससे शायद ही किसी ने मैच जिताने की उम्मीद की होगी। अरे भई, रन ही इतने चाहिए थे, बारह गेंदों पर चौंतीस। इस समय तो अगर रोहित या विराट में से भी कोई क्रीज पर होता तब भी लोग जीतने की आशा कम ही रखते। हालाँकि स्टेडियम में बैठे कुछ लोग धोनी का नाम जरूर ले रहे थे कि धोनी होता तो हो जाता।

बहरहाल कप्तान शाकिब अल हसन ने रूबल हुसैन को गेंद थमाई। लेकिन यह ओवर तो बांग्लादेशी टीम के लिए नाक का नासूर साबित हुआ। उन्नीसवें ओवर में रूबल ने बाइस रन पिटवा दिए। छह की छह गेंदें हाल ही में क्रीज पर अवतरित हुए दिनेश कार्तिक ने खेलीं थी। दो छक्कों और दो चौकों की मदद से

उनका निजी स्कोर बाइस रनों की ओर पहुँचा। भारतीय खेमे के लिए यह ओवर किसी चमत्कार से कम नहीं था। आखिरी ओवर के रोमांच की वजह से सबकी धड़कनें बढ़ी हुई थीं। बांग्लादेशी प्रशंसकों ने भी इस ओवर के बाद नागिन डांस करना बंद कर दिया था। अब उनकी तरफ से भी ऊपर वाले से जीत की दुआएँ माँगने का सिलसिला शुरू हो गया था।

भारत को जीतने के लिए आखिरी गेंद पर पाँच रन चाहिए थे। दर्शकदीर्घा में बैठे हुए ऋषभ और सौरभ तो बस यही उम्मीद कर रहे थे कि जैसे-तैसे इस गेंद पर चौका लग जाए और मैच टाई हो जाए, फिर सुपर ओवर में तो इन्हें पटक ही लेंगे।

स्टेडियम में हर किसी की हालत खराब थी। मैच की आखिरी गेंद थी, यह लाजमी भी था। पर एक शख्स जिसकी उस वक्त जान पर ही बन आई थी, वह था आखिरी गेंद फेंकने वाला गेंदबाज। जैसे ही सौम्य सरकार ने रनअप लेना शुरू किया पूरे स्टेडियम में सन्नाटा छा गया। हर किसी की नजरें स्टंप के सामने खड़े दिनेश कार्तिक की ओर थीं। लोग पलकों की बाधा को भी नजरों के सामने नहीं आने दे रहे थे, बिना पलकें झपके वो एकटक मैदान पर हाथ में बल्ला लिए उस खिलाड़ी की ओर देखे जा रहे थे।

सौम्य सरकार द्वारा फेंकी गई वो गेंद वायुमार्ग से होती हुई सीधे सीमारेखा के पार पहुँच गई। उस आखरी गेंद पर दिनेश कार्तिक ने छक्का जड़ दिया। पूरा स्टेडियम शोर से गूँज उठा। ड्रेसिंग रूम से भारत के खिलाड़ी मैदान पर आ गए, दौड़कर सारे दिनेश कार्तिक की ओर बढ़े। कई लोग जो दिनेश कार्तिक तक पहले पहुँच गए थे उनके हाथ उसकी पीठ पर वार कर रहे थे और जो कुछ देर में पहुँचे उनके हाथ उसके शरीर के जिस भाग को स्पर्श कर सकते थे उसे ही पीठ समझकर थपथपाने लगे। आठ गेंदों पर उनतीस रनों की शानदार पारी जिसकी बदौलत भारतीय टीम ने अविश्वसनीय-सा लगने वाला निदाहास ट्रॉफी का फाइनल मैच जीत लिया था।

नीले समुंदर में भूचाल था, कितने ही ज्वालामुखी एक साथ फटने लगे थे। ऋषभ और सौरभ दोनों गर्मजोशी से बांग्लादेशी फैंस की तरह नागिन डांस करने लगे थे। वे और ज्यादा उत्साहित हो गए जब कैमरे ने स्टेडियम पर लगी स्क्रीन पर उन दोनों के नागिन डांस को दिखाया। भारत में टेलीविजन पर आँखें गड़ाए

लोग भी उन्हें नागिन डांस करता देख अपने-अपने घरों में टेलीविजन के सामने उन्हीं की तरह हाथों को साँप जैसा आकार देने लगे थे।

हार-जीत का फैसला होते ही धीरे-धीरे स्टेडियम खाली होने लगा। स्टेडियम से बाहर निकलने वाले सभी गेटों पर भयंकर भीड़ थी। लोगों की उस भीड़ में ऋषभ और सौरभ भी बाहर की ओर निकल रहे थे। दोनों की योजना थी कि वे आज रात होटल में आराम करेंगे और कल चेकआउट करके कोलंबो विहार का आनंद लेने के बाद वे शाम की फ्लाइट से स्वदेश रवाना हो जाएँगे।

जिस होटल में दोनों ठहरे थे वो स्टेडियम से तकरीबन डेढ़ किलोमीटर की दूरी पर था। दोनों पैदल ही उसकी ओर बढ़ रहे थे कि तभी पीछे से आवाज आई 'भाई यही हैं वो दोनों।'

उस व्यक्ति का यह कहना ही हुआ था कि पाँच बंदों ने तेजी से दौड़कर ऋषभ और सौरभ को घेर लिया। अचानक से घटित हुए इस मंजर को देखकर दोनों भौचक्का हो गए।

"अब करो बेटा नागिन डांस, वहाँ बड़ा उछल रहे थे न! सालों, भूल गए वो दिन जब वर्ल्डकप से बाहर किया था तुम्हारी टीम को!"

"चलो शुरू हो जाओ, आज नागिन बना ही देते हैं तुम लोग को।" उन्हीं में से एक ने अपना बेल्ट खोलते हुए कहा।

"अरे भैया वो तो मैच की बात थी, आप काहे इतना सीरियस हो रहे हैं!" सौरभ ने अजीब-सी सिचुएशन में खुद को पाते हुए बोला।

"वो तो ठीक है पर नागिन डांस ही क्यों किया? अरे कुछ और कर लेते। क्रिकेट के मैदान में तो उस पर हमारा कॉपीराइट है।"

"आगे से ध्यान रखेंगे भैया, ठीक है चलते हैं।" सौरभ ने कोहनी मारते हुए ऋषभ को वहाँ से निकलने का इशारा किया।

"ऐसे कैसे? डांस तो बेटा करना पड़ेगा।"

"हम जीते हैं, तुम हारे हो इसमें इतना चिढ़ने की क्या बात है?" पूरी बातचीत में ऋषभ पहली बार बोला। सामने वालों को गिनती में पाँच देखकर सौरभ ने उसे चुप होने का इशारा किया।

"क्योंकि तुम लोग ने नागिन डांस किया ही हमें चिढ़ाने के लिए था।"

"आज तो बड़ा बुरा लग रहा है, पर क्या तुम लोग ने इससे पिछले मैच में

यही बात सोची थी? जब मैच जीतने के बाद तुम लोगों ने श्रीलंका के खिलाड़ियों को इससे भी ज्यादा बुरी तरह से चिढ़ाया था? तभी तो आज श्रीलंका के फैंस भी इस मैच में हमारी टीम को सपोर्ट कर रहे थे जबकि उनका इस मैच से कोई लेना-देना नहीं था। सोचो उनके फैंस पर क्या बीती होगी जो उनके घर में ही उनके खिलाड़ियों से इतनी बदसलूकी की गई।"

"लेकिन उस दिन हम जीते थे तो जोश-जोश में..."

"जोश-जोश में तो तुम्हारे मुल्क के लोग पहले भी बहुत कुछ कर चुके हैं। याद करो वो 2015 की सीरीज जो बांग्लादेश में थी। हमारी टीम के हारने पर आपके यहाँ के अखबारों ने हमारी टीम के खिलाड़ियों की कितनी आपत्तिजनक फोटो छापी थी। उस तस्वीर में आपके एक खिलाड़ी के हाथ में उस्तरा था और वो हमारी टीम के खिलाड़ियों के बाल मूँड रहा था। भाई ये क्रिकेट है, लोगों की भावनाएँ जुड़ी होती हैं इस खेल से। इस तरह के काम करोड़ों लोगों के सेंटिमेंट्स को ठेस पहुँचाते हैं।"

"यार तुम सही कह रहे हो, उस दिन हमने गलत किया था। इससे पहले हमने कभी दूसरे देश के लोगों के नजरिये से सोचा ही नहीं था, पर अच्छे से याद है मुझे उन दिनों फेसबुक-ट्विटर पर भारत के लोगों ने भी हमें बहुत गालियाँ दी थीं। क्या वो आपको जरा भी गलत नहीं लगता जनाब?" उन पाँच लोगों में से उस लड़के ने कहा जिसने कुछ देर पहले ही अपना बेल्ट खोला था।

"जब भी मैच में किसी की हार या जीत होती है, हर बार ही दोनों देशों के फैंस आपस में लड़ने लग जाते हैं, क्या कुछ एक-दूसरे को नहीं बोलते। और आज भी हम लोग जाने-अनजाने में आप लोगों को चिढ़ाने के लिए ही नागिन डांस करने लगे थे। अभी भी हम वही गलती दोहरा रहे हैं इस सड़क पर, लेकिन अब जरूर समझ आ गया है कि हमें खुशी इस बात की तो हो कि हम जीते हैं, पर हम किसी की हार का जश्न मनाने लग जाएँ, यह तो सरासर गलत है।"

"बिलकुल सही फरमाया भाईजान।"

"वैसे आज आपकी टीम ने भी जबरदस्त खेला। आखरी गेंद तक मैच में दम था। आप लोगों को भी इतना निराश नहीं होना चाहिए। आज का दिन तो क्रिकेट को सेलिब्रेट करने का है, जो इतना रोमांचक मैच लाइव देखने को मिला। आपको नागिन डांस देखना था न, चलो सब साथ में करते हैं।" यह कहकर

ऋषभ ने सौरभ की ओर हाथ से साँप बनाकर इशारा किया।

कुछ देर तक कोलंबो की सड़क पर नीली और हरी जर्सी पहने वे लोग नागिन डांस करते रहे। वहाँ से गुजरने वाला हर कोई हैरान था कि नीली जर्सी वालों का तो समझ आता है, पर ये हरी जर्सी वाले बांग्लादेशी क्यों नाच रहे हैं, हारने के बावजूद।

चार घंटे

घर से इस उम्मीद में निकला था कि मोबाइल चार्ज नहीं है तो क्या हुआ ये पावरबैंक तो है, पर कम्बख्त ये भी साथ छोड़ गया।

आखिर क्या फायदा हुआ शुभम से मूवी लेने का, सोचा था रास्ते भर देखता जाऊँगा पर अब तो सब बेकार। आजकल की मोबाइल कंपनियों को भी क्या ही कहा जाए, किसी फोन की बैट्री अच्छी है तो उस फोन का कैमरा बेकार और अगर कैमरा भी सही तो डिस्प्ले। कई फोन तो ऐसे भी हैं जिनका सब कुछ ठीक-ठाक होता है पर ये सब कुछ ठीक बस कुछ ही समय तक रहता है और आगे की कहानी भैया अपने बजट से तो बाहर है।

बताओ यार, इन सबको कोसने में तो पाँच मिनट भी नहीं लगे और पूरे चार घंटे का सफर है। रात को याद से ईयरफोन भी रख लिए थे कि गाड़ी की बेतरतीब घर्र-घर्र न सुनाई दे पर अब तो चार घंटे बस यही सुनते हुए जाना है।

अभी तक तो मैं अपने मोबाइल में इस कदर रमा हुआ था कि मुझे पता ही नहीं चला मेरे पास बैठे दाढ़ी वाले अंकल भी वही मूवी देख रहे हैं जो मूवी शुभम से लेते वक्त मैंने कल्पना की थी कि आज का यह सफर भी बिना किसी से बोले-चाले कट जाएगा।

आप लोगों के मन में तो जरूर आ रहा होगा कि बगल के दाढ़ी वाले अंकल से मैं उनके ईयरफोन का एक प्लग माँग लूँ आखिर वही मूवी देखने को मिल जाएगी जो मैं शुभम से लेकर आया था पर यह मेरे लिए इतना आसान नहीं है। दरअसल मैं एक अंतर्मुखी स्वभाव का लड़का हूँ। चंद लोग जो मेरे अंतर्मन के दायरे में आते हैं बस वही अपनी दुनिया है।

अगर कोई अनजान व्यक्ति मुझसे बात करने की कोशिश करता तो मैं

ज्यादातर उसे नजरअंदाज करता। और जब बोलना आवश्यक ही हो जाए तो यही प्रयास रहता कि हाँ या ना बोलकर ही बला टल जाए और अगर इतने पर भी सामने वाला न माने तो मैं चुप ही रहना बेहतर समझता हूँ। पहले से किसी से बोलने का तो सवाल ही नहीं उठता।

मैं हमेशा से ऐसा नहीं था जब तक कि वो एक शख्स मेरी जिंदगी में नहीं आया था। एक शख्स जिससे मुलाकात का वो दिन शायद मैं कभी भूल ही न पाऊँ। वो दिन जब इंटर-कॉलेज डिबेट कम्पटीशन था। 'कश्मीरियों पर हावी होते उग्रवाद की धारणा सही अथवा गलत' विषय पर। यह कश्मीर का मुद्दा मेरे पसंदीदा विषयों में शुमार था। मैं लगातार कई घंटों तक इस पर तर्क करने की क्षमता रखता था। इस विषय पर मेरे राष्ट्रवादी विचारों के आगे कॉलेज का कोई कम्युनिस्ट या लिबरल नहीं ठहरता था।

उस दिन भी मैं उतना ही भाव-विभोर होकर डिबेट में तर्क दिए जा रहा था। आखिर में हम दो लोग फाइनलिस्ट बने और हमारी चेयर अब ठीक एक दूसरे के सामने लगा दी गई और कुछ देर बाद फाइनल राउंड शुरू हुआ।

मैंने नजरें उठाकर जैसे ही सामने वाले कंटेस्टेंट को देखा तो मानो हर तरफ अँधेरा छा गया हो और सारे हॉल में सिर्फ हम दोनों ही हों। वो कश्मीरी सेब जैसा चेहरा ऐसा लग रहा था मानो कि पूरे हॉल में सिर्फ उस पर ही फ्लैश पड़ रहा हो और उस चेहरे पर पड़ रहा वो फ्लैश मेरी आँखें नहीं मेरा दिल देख रहा हो। उस दिन पहली बार मैंने अपना दिमाग कुछ रुका हुआ पाया, जब तक नजरें नीची थीं दिमाग ऐसा था मानो तर्क की खान में उतरा हो। लेकिन नजरें उठने के बाद जब वो दिखी तो मानो कि दिमाग तर्क की खान से कोयले की खान में पहुँच गया हो। सामने रोशनी थी और मेरे अंदर अँधेरा।

आखिरकार बहस शुरू हुई। कश्मीरियों में बढ़ते उग्रवाद के जिस विचार को मैं सही ठहराने में लगा हुआ था उसने उसे परिस्थितिजन्य करार दिया और समर्थन में कश्मीरियों को सेना से लेकर पाकिस्तानी घुसपैठियों तक का दोतरफा शिकार बताकर उपस्थित लोगों की खूब तालियाँ बटोरीं। कोई और दिन होता तो मैं बुरहान वानी या अफजल जैसे लोगों के प्रति सहानुभूति रखने वाले लोगों और उनके जनाजों में लगने वाली भीड़ के उदाहरण देकर लोगों के उत्साह को अपनी ओर कर लेता पर आज तो जैसे ये मुँह खुलने का नाम ही नहीं ले रहा था।

मेरे दिमाग ने सोचना छोड़ दिया था और लोगों ने ये समझना भी कि अब आगे मेरा इस डिबेट में कोई चांस बनता है। मैं डिबेट हार गया, वो भी उस शख्स से जिसका अब मैं दिल जीतना चाहता था।

मेरे सबसे अजीज दोस्त शुभम को तो ये बात हजम ही नहीं हो रही थी कि सारांश त्रिपाठी कश्मीर के मुद्दे पर होने वाली डिबेट हार सकता है। लेकिन जिस लिहाज से मैं हारा था वो भी उससे कहाँ छिपने वाला था? उसने देख लिया था कि उसके दोस्त की आँखें उस डिबेट की आखिरी कंटेस्टेंट पर कैसे जमी रह गईं थी।

हमने रजिस्ट्रेशन काउंटर पर जाकर प्रतिभागियों की लिस्ट देखी तो पता चला कि वो मोहतरमा हैं- जन्नत अयूब। भले ही कम्पटीशन के वक्त उसके सर पर जो हिजाब था उससे अंदाजा लग रहा था कि वो मुस्लिम है पर अब ये बात आईने की तरह साफ हो चुकी थी। जाहिर है प्यार कहाँ धर्म और जात देखता है तो बस हमने भी सोच लिया कि 'किनारों पर बैठे नैया पार नहीं होती' लिहाजा कोशिश तो कर ही लेनी चाहिए।

रजिस्ट्रेशन काउंटर से उसके कॉलेज का नाम भी पता लग चुका था। अगले ही दिन मैं उसके कॉलेज जा पहुँचा, जहाँ अपना आईडी कार्ड दिखाने पर एंट्री भी मिल गई। फिर मैं उसे ढूँढ़ने लगा पर वो कहीं नजर नहीं आई, आखिर जब कुछ देर बाद भूख लगी और मैं उस कॉलेज की कैंटीन की तरफ गया तो देखा कि एक ओर से वह भी आ रही है। मुझे देखकर उसने भी पहचान लिया और वो मेरी तरफ आई। मैंने उसे बधाई दी और फिर हम दोनों कैंटीन की ओर बढ़े। वहाँ उसने पूछा कि आखिर इतने अच्छे से डिबेट में आगे बढ़ते हुए मैं फाइनल में पहुँचकर चुप क्यों हो गया? मैं उसके सामने फिर से कुछ नहीं बोल पाया। उसकी अगली क्लास का समय हो चुका था इसलिए वह चली गई। उसके जाने के बाद लोगों की भीड़ से भरी कैंटीन में मुझे तो बस सन्नाटा ही सुनाई दे रहा था।

अब से मैं रोज ही उसके कॉलेज जाने लगा, जहाँ मेरी नजरें उसे तलाशा करतीं, पर जब वो मुझे कैंपस में नहीं दिखती तो मैं समझ जाता कि उसकी क्लास चल रही होगी और फिर मैं कॉलेज ग्राउंड की ओर बढ़ता जहाँ अक्सर स्टूडेंट्स क्रिकेट की प्रैक्टिस कर रहे होते। मैं भी अपने कॉलेज की क्रिकेट टीम में था तो अक्सर मैं कुछ खिलाड़ियों से बात करने की कोशिश करता। हम लोग

क्रिकेट को लेकर अपने अनुभव साझा करते। इस तरह एक-दो दिन में ही मेरे वहाँ दो दोस्त बन गए।

अपने इन नये दोस्तों से बातचीत के दौरान मैंने उन्हें बताया कि जब हमारी टीम इंटर-कॉलेज क्रिकेट टूर्नामेंट के सेमीफाइनल में थी तब आखिरी गेंद पर चार रनों की दरकार थी और मैंने चौका मारकर अपनी टीम को जिता दिया था। हालाँकि मैंने यह बात छुपा ली थी कि शॉर्ट गेंद को पुल करते वक्त वह गेंद बैट का बाहरी किनारा लेते हुए कीपर के सर के ऊपर से चौके के लिए गई थी। निसंदेह यह एक मिसटाइम शॉट था। लेकिन फिर भी मैं उस दिन मैच विनर था।

जन्नत जब भी मुझे दिखती, वह मेरी ओर देखकर मुस्कुराया करती। शायद उसे भी लगता होगा कि इस कॉलेज में मेरे दोस्त हैं इसीलिए मैं रोज आ जाता हूँ।

इस दोस्ती को चार-पाँच दिन ही हुए होंगे कि एक दिन उसने उन लोगों से पूछ लिया कि वे मुझे कैसे जानते हैं, तो बस यह भेद खुल गया कि मैं कॉलेज किसी और से मिलने नहीं उसी को देखने आता हूँ।

अगले दिन जब मैं उसके कॉलेज गया तो वह खुद आकर मुझसे बात करने लगी। यह पहल शायद मैं तो कभी कर ही नहीं पाता। क्योंकि मैं तो बस उसे दूर से निहारता रहता था और जब भी कभी हमारी नजरें मिलतीं, मेरी निगाहें खुद-ब-खुद नीचे झुक जातीं। अगर कोई उस वक्त मुझसे कहता कि आसमान में पत्थर उछालकर छेद करना है तो मैं फिर भी कोशिश करके देख लेता। पर जन्नत से पहले से जाकर कुछ बोलना! वह तो अपने बस की बात नहीं थी।

उस दिन के बाद से हर दो-एक दिन में हम मिलने लगे। पर उसकी अक्सर यही शिकायत रहती कि मैं न तो उसे पहले हेलो बोलता हूँ और न तो उसकी बात का अच्छे से जवाब ही दे पाता हूँ। वह जब कुछ पूछती तो मैं कँपकपाते होठों के साथ बस हाँ या ना में ही बोल पाता था।

एक रोज ऐसे ही बातचीत के दौरान हम लोगों के नंबर एक्स्चेंज हुए। उस दिन अपना असाइनमेंट पूरा करने वह कॉलेज लाइब्रेरी जा रही थी। मैं भी उसके साथ हो लिया था। सीढ़ियाँ चढ़ते वक्त मैंने झिझकते हुए उसका नंबर माँगा जो उसने बड़ी सहजता के साथ मुस्कुराते हुए दे दिया था। मुझे खुशी का वैसा ही एहसास हुआ जो योद्धाओं को कोई बड़ी जंग जीतने के बाद होता होगा।

उस दिन के बाद उस लड़की को यह पता चला कि चुप-सा रहने वाला ये

सारांश त्रिपाठी असल में कितना ज्यादा बातूनी है। हम लोग सुबह-शाम, दिन-रात व्हॉट्सएप पर चैट करते या फिर फोन पर बतियाते रहते। उन दिनों तो समय का अनुमान भी घड़ी देखकर नहीं बल्कि सूरज और चाँद देखकर हुआ करता था।

ऐसी ही बातों-बातों में जानने को मिला कि उसका परिवार कश्मीर से है और जब वहाँ से कश्मीरी पंडितों को निकाला जा रहा था, उसका विरोध करने में कुछ मुस्लिम परिवार भी आगे आए थे। जन्नत का परिवार भी उन्हीं में से एक था। फिर होना क्या था, उसके परिवार को भी कश्मीर छोड़ना पड़ा और दिल्ली आकर बसना पड़ा। यहीं दिल्ली में जन्म हुआ था उस जन्नत जितनी खूबसूरत लड़की का।

कश्मीर का वह परिवार उतना ही कश्मीरी था जितने कि और कश्मीरी परिवार होते होंगे, इसलिए जन्नत भी कश्मीर के मुद्दे पर बहुत बेबाकी से अपनी राय रखती थी। वास्तव में कश्मीरियों के बारे में जितनी उग्रवाद की ओर उनके अग्रसर होने की धारणा सही थी, उतना ही सही यह भी था कि सभी कश्मीरियों को एक ही तराजू में नहीं तौला जा सकता। और फिर उसका परिवार तो इस बात का प्रत्यक्ष प्रमाण था ही।

एक रोज जब हम लोग कॉलेज कैंपस के ग्राउंड में बैठे हुए थे तो उसने मुझसे पूछा कि क्यों फोन पर इतनी बातें करने वाला मैं उसके सामने आने पर चुप-चुप-सा रहने लगता हूँ। मेरे भी मुँह से उस वक्त निकल ही गया कि तुम्हारा चेहरा देखकर यह मन विचारशून्य हो जाता है, कुछ सूझता ही नहीं। वह भी मुस्कुरा दी। फिर देर तक हम दोनों ऊपर शून्य की तरफ निहारते रहे।

इसी तरह कभी खुले आसमान के तले एक-दूसरे का हाथ थामे बातें करते हुए, कभी सीसीडी में कॉफी के बहाने राजनीतिक मुद्दों पर आपस में खींचतान मचाते हुए, तो कभी कॉलेज की लाइब्रेरी में मिलते-जुलते हम अच्छे दोस्त बन चुके थे। इस सब में कब दो महीने बीत गए, मुझे तो कुछ पता ही नहीं चला था।

आखिर आशिकों का त्योहार आ गया था। हर कोई अपने मन में दबाकर रखे हुए अरमानों को जुबाँ पर लाने के लिए बेताब हुआ जा रहा था। अगले दिन वैलेंटाइन वीक का प्रोपोज डे था। यह मुझ जैसे नये-नवेले आशिक के लिए परफेक्ट दिन था अपने प्यार का इजहार करने के लिए। मैंने उस दिन जन्नत को मिलने के लिए बहुत मनाया, पर उसने आने से मना कर दिया और बहुत पूछने

पर वजह यह बताई कि शाम को उसके पापा के गेस्ट आने वाले हैं और उनकी खातिरदारी के लिए उसकी मौजूदगी जरूरी है। एक सामान्य-सा बहाना जो उस रोज मुझे कितना सच्चा लगा था।

मैंने सोचा चलो आज नहीं तो कल दिल की बात उससे करनी ही है, ऊपर वाले की यही मर्जी होगी की इजहार-ए-इश्क वैलेंटाइन के दिन ही हो। मेरी उम्मीद बढ़ गई थी इस बार के वैलेंटाइन को लेकर। आखिर जिसके बारे में अभी तक अपने दोस्तों से ही सुनता था, वह प्यार का त्योहार अब मेरा भी बनने जा रहा था।

वैलेंटाइन के दिन भी जब उससे मिलने की बात की तो उसने ऐसा ही कोई बहाना फिर ढूँढ़ लिया। अब मुझे भी लगा कुछ तो बात जरूर है, फिर भी मैं मिलने के लिए अपनी तरफ से जितना जोर दे सकता था मैंने दिया, लेकिन न मिलने का उसका फैसला तो टलने को तैयार ही नहीं था।

मैंने वैलेंटाइन की ही रात को उसे फोन किया क्योंकि मुझे लगने लगा था कि अगर आज उससे दिल की बात नहीं बोली तो शायद फिर मौका आए ही न। वो तीन शब्द जो उससे मिलकर बोलने के अरमान थे मैंने फोन पर ही कह डाले और सामने से उसे कहता पाया कि सारांश तुम पागल हो, हम इतने अच्छे दोस्त हैं, क्या जरूरत है इस सबकी! मैंने बोला कि गर्लफ्रेंड-बॉयफ्रेंड बनना तो आजकल नॉर्मल है, सब लोग ही के होते हैं आजकल तो। पर उसने कहा कि हम सब जैसे नहीं हैं, और हमें उन जैसा बनना भी नहीं चाहिए।

मैंने उससे पूछा कि हम सब जैसे क्यों नहीं हैं? जिसका उत्तर शायद उसके पास था, पर उसने मुझे बताना जरूरी नहीं समझा।

उसे मनाने के जितने भी जतन कर सकता था मैंने किए, पर उसने मेरी दलीलें पूरी हुए बिना ही फोन रख दिया।

मैं टूट चुका था क्योंकि जो लड़की कल तक खुद मुझसे बात करने के मौके खोजती थी, आज मेरी पूरी बात तक सुनना उसने मुनासिब नहीं समझा। उससे मिलने-जुलने में, हँसी-ठहाकों में मुझे तो यही लगता था कि हो न हो वह भी मुझे चाहती है, तभी तो अपनी क्लासेस को लेकर इतनी पंक्चुअल रहने वाली लड़की मेरे साथ बाहर घूमते वक्त उनके बारे में जरा भी नहीं सोचती थी।

वैलेंटाइन का दिन था। हर कोई ही प्यार का पंछी बना हुआ था। एक-दूसरे

के साथ पूरी जिंदगी बिताने की कसमें खाई जा रही थीं। कितने ही बबलू, गुड्डू, मुन्ना, छोटू, रमेश, सुरेश के नाम रखे जा रहे थे जिनके भविष्य में होने की या न होने की कोई गारंटी नहीं थी। वहीं दूसरी ओर मैं था, फूल खिलने से पहले ही मेरा बाग उजाड़ दिया गया था। पहली बार वैलेंटाइन को लेकर मेरे दिल में पले अरमानों का गला घोंट दिया गया था।

मैंने खुद को सँभाला और उसे दोबारा कॉल किया, लेकिन इस बार फोन नहीं उठाया गया। पर मैंने हार नहीं मानी। अपने ईगो की बलि देते हुए मैं मोर्चे पर डटा रहा। तीन-चार बार कॉल किया तो पता चला कि मेरा नंबर ब्लॉक हो चुका है। प्यार में मिली यह पहली शिकस्त मुझसे बर्दाश्त नहीं हुई। मैंने व्हॉट्सएप से लेकर फेसबुक, इंस्टाग्राम-टेलीग्राम तक जहाँ भी उससे बात की जा सकती थी, सब जगह मैसेज किए कि वह ऐसा कैसे कर सकती है ? कल तक तो मैं समझता था कि वह किसी रोज खुद से ही मुझे प्रपोज कर देगी। पर आज तो मैं एक-एक करके हर सोशल मीडिया प्लेटफॉर्म से ब्लॉक होता जा रहा था।

अगले दिन मैं शुभम के पास गया और रात को मेरे साथ हुई जीवन की सबसे बड़ी त्रासदी उसे कह सुनाई। उसका फोन लेकर फिर जन्नत को कॉल किया। फोन उठने के बाद जैसे ही वह समझी कि मैं हूँ, तो उसने फौरन फोन काट दिया। और अब शुभम का नंबर भी उसके फोन की ब्लॉक लिस्ट में था।

उस दिन मेरी हालत देखकर शुभम भी मेरे साथ मेरे फ्लैट पर आ गया। फ्लैट या फिर वन रूम किचन सेट कहना ज्यादा ठीक होगा। मुझे याद है उस रात जब बालकनी पर बैठे हम दोनों चाय पी रहे थे तो मैं शुभम को यह बताते-बताते रोने लग गया था कि मैं उसे कितना चाहने लगा था।

एक ब्राह्मण का लड़का होकर भी किसी मुस्लिम लड़की के ख्वाब देखना छोटे शहर से यहाँ आए हुए मुझ जैसे लड़के के लिए कितनी बड़ी बात थी। शुभम ने मुझे बहुत समझाया और कहा कि उससे दूर रहने में ही मेरी भलाई है क्योंकि तीसरे सेमेस्टर के एग्जाम भी आने वाले थे जिसको लेकर मैं मुश्किल से ही कुछ गंभीर था। शायद उसने उस दिन बहुत कुछ बोला था, पर मुझे ये शब्द आज भी अच्छे से याद हैं- 'भाई प्यार की कभी भीख नहीं माँगी जाती।'

आप भी चाहें तो इस बात को नोट कर सकते हैं।

अब अपना भी स्वाभिमान जाग गया और अपन ने भी मान लिया कि जन्नत

अयूब नाम का हादसा अपनी जिंदगी से हमेशा के लिए टल चुका है। अब से सारा ध्यान एक लड़की से हटाकर पढ़ाई की ओर कर दिया गया। कभी-कभी तो लगता था कि अच्छा ही हुआ जो मेरा प्यार अंजाम तक न पहुँचा क्योंकि हॉब्स, लॉक और रूसो से पार पाना इतना सरल भी न था कि दिनभर फोन पर बतियाने वाला लड़का उनसे आसानी से निपट सकता हो।

किसी तरह दो महीने और बीते। हालाँकि मैं जन्नत को बहुत हद तक भूल चुका था, पर जब-तब उसकी याद आने ही लगती थी। इस याद की आग में झुलसने से खुद को बचाने के लिए उन दिनों मैंने एक रूटीन बना लिया था कि जब भी मुझे उसकी याद आएगी, मैं मॉडर्न पोलिटिकल फिलॉसफी पढ़ने बैठ जाऊँगा। वह सब्जेक्ट जिसे पढ़ने में मेरा जरा भी मन नहीं लगता था और इसके बाद का सारा समय मैक्यावेली से लेकर रूसो के सुपुर्द होता।

कुछ दिनों में पेपर भी आ गए। हमारे पेपर की शिफ्ट सुबह वाली होती थी और ग्यारह बजे के आस-पास हम फ्री हो जाते थे।

सारे पेपर उम्मीद और मेहनत के अनुरूप ही हुए। मैं खुश था कि अगर जन्नत साथ होती तो पेपर इतने अच्छे कभी न हो पाते।

जिस दिन मैं आखिरी पेपर देकर अपने रूम पर पहुँचा, उसी दिन ही अपने घर जाने की पैकिंग कर रहा था कि अचानक मेरा मोबाइल घनघनाया। किसी नये नंबर से कॉल था। लेकिन मुझे आखिरी तीन डिजिट जाने-पहचाने से लगे। फोन मेरे मोबाइल की कॉन्टेक्ट लिस्ट से कुछ वक्त पहले ही डिलीट किए गए नंबर से था। फोन जन्नत का था।

उस दिन मुझे अहसास हुआ कि प्यार तो धर्म और जात नहीं देखता पर प्यार को छोड़कर सारा जमाना धर्म और जात के अलावा कुछ और नहीं देखता।

फोन पर जन्नत ने मुझसे माफी माँगते हुए बताया कि मेरे उसे प्रपोज करने के चार दिन पहले उसके कजन ने हम दोनों को एक साथ उसके कॉलेज के पास वाली एक चाय की दुकान पर देख लिया था। हम दोनों इतना हँस-हँसकर बात कर रहे थे कि उसने अंदाजा लगा लिया कि हम दोनों के बीच कुछ तो खिचड़ी जरूर पक रही है।

शाम को उसके घर पर यह बात पहुँच चुकी थी जहाँ उसने यह कहकर पीछा छुड़ाया कि मैं उसे 'ह्यूमन राइट वॉयलेशन इन कश्मीर' नाम के एक

प्रोटेस्ट में मिला था और हम लोग उसी प्रोटेस्ट को लेकर बातें कर रहे थे। फिर भी उसके पैरेंट्स ने उसे मुझसे न मिलने की हिदायत दी थी। उसने यह भी कहा कि अगर मैं मुसलमान होता तो शायद यह सब न होता। साथ ही यह भी बताया कि वह भी मुझे पसंद करने लगी थी पर इस लव का 'द एंड' करना बहुत जरूरी हो गया था।

इतना कहकर फोन रख दिया गया था, और यह सुनकर कि वह भी मुझे पसंद करती थी, मैं हिम्मत ही नहीं कर पाया उसे दोबारा कॉल करने की। मैं समझ चुका था कि हम दोनों क्यों सब से अलग हैं, कि हम इंसान नहीं हिंदू और मुसलमान हैं और यह भी कि जिस प्यार को अंजाम तक नहीं पहुँचाया जा सकता हो उसे जिंदगी के इस मोड़ पर छोड़ देना ही बेहतर है।

एक फोन कॉल जिससे सब फिर से शुरू होने की आस थी उसी ने जैसे सब खत्म कर दिया था, फिर से।

उस समय के बाद से ही मैं अंतर्मुखी हो गया। जो सारांश कभी खुलकर डिबेट करता था, बड़े-बड़े मंचों पर अपने तर्कों से अनेक बुद्धिजीवियों को विस्मय में डाल देता था, आज किसी अनजान व्यक्ति से बोलने में भी काँप जाता है। जो होठ कभी जन्नत के सामने खुलने में थर्राते थे आज अजनबियों से बात करने में भी वैसे ही थर्राने लगते हैं। यह कि अब ये सारांश कितना बदल चुका है।

बस की उसी सीट पर बैठा हुआ मैं जिसके बगल वाली सीट पर अनजान दाढ़ी वाले अंकल बैठे थे। आपका धन्यवाद करता हूँ कि आपने इस सफर के दौरान मेरी यह कहानी सुनकर मुझे चार घंटे के इस बोरिंग सफर की मनहूसियत से बचा लिया, वर्ना इस कम्बख्त पावरबैंक ने तो मुझे कहीं का नहीं छोड़ा था और फिर हारकर मुझ जैसे अंतर्मुखी को भी एक अजनबी दाढ़ी वाले अंकल से उनके ईयरफोन का एक प्लग माँगना ही पड़ जाता।

या फिर बस के तमाम यात्रियों में शामिल उस बच्चे को देखकर अपना समय बिताना पड़ता जो एकदम लाल सेब खा रहा था जो ऐसा लग रहा था मानो किसी कश्मीरी बाग से तोड़कर लाया गया हो और उसके हाथ में एक क्रिकेट बैट भी था। नहीं तो सामने रखा वह न्यूज पेपर ही पढ़ने को मजबूर होता, जिसके फ्रंट पेज पर हेडलाइन थी- 'कश्मीर में बढ़ता उग्रवाद'। इस कष्टकारी सफर से बचने का एक रास्ता और भी था कि खिड़की से झाँकते हुए मैं बाहर के

नजारे देखूँ जहाँ सफर की शुरुआत में मुझे एक बैनर दिखा था, जिस पर लिखा था- 'जन्नत टॉकीज'।

मेरी मंजिल आ चुकी है और बस से उतरते-उतरते आपको मैं यह बताता चलूँ कि मेरा आखिरी पेपर आज सुबह ही था मॉडर्न पोलिटिकल फिलॉसफी का और यह भी कि मैं एक लेखक हूँ। एक लेखक जो अपने आस-पास के परिवेश से कहानी लिखने की प्रेरणा ले ही लेता है। वरना आप ही बताइए, अगर जन्नत नाम की किसी लड़की का फोन मुझे आज सच में ही आया होता तो क्या मैं टूटे हुए दिल के साथ शुभम से इस चार घंटे के सफर को काटने के लिए कोई मूवी लेने जा पाता?

होटल हेलोवीन

"मैंने सुना है आपने होटल हेलोवीन की वो रहस्यमयी घटना कवर की है जिसके चर्चे आज पूरे देश में हो रहे हैं।" चाय का एक घूँट भरते हुए मैंने सामने बैठे एक रिपोर्टर से पूछा।

"हाँ, पर आप उसके बारे में इतनी डिटेल क्यों चाहते हैं? क्या आप कोई कहानी लिखेंगे?"

"हाँ, अगर कहानी वाकई रोचक हुई तो। दिलचस्प कहानियों की तलाश में भटकना ही हम कहानीकारों का पेशा है। क्या आप उस लड़की से मिले हैं जो इस सबसे होकर गुजरी है?"

"जी हाँ, मैंने दो दिन पहले ही उसका इंटरव्यू लिया है। वह अभी तक स्तब्ध है। यह एक ऐसी घटना है जिसे वह पूरी जिंदगी नहीं भुला पाएगी।"

सुनसान सड़क पर जहाँ हर तरफ सन्नाटा था रात के बारह बजे के आस-पास एक कार चली जा रही थी। गाड़ी के अंदर लाउड म्यूजिक बज रहा था।

देर रात नोएडा से पार्टी करके रॉबर्ट और जैकलीन वापस दिल्ली जा रहे थे। उनकी कार दिल्ली-नोएडा एक्सप्रेस वे पर दौड़ रही थी तभी अचानक उन्हें गूगल मैप पर एक कच्चा रास्ता दिखा, जहाँ से तीन-चार किलोमीटर की दूरी पर उन्हें एक होटल, होटल द हेलोवीन दिखाई दे रहा था।

अपनी इस रात को अधिक रोमांचक और यादगार बनाने के लिए दोनों उस होटल में अपना वीकेंड बिताने का डिसाइड कर लेते हैं और गाड़ी उस सुनसान-सी दिखने वाली कच्ची सड़क पर उतार दी जाती है।

रॉबर्ट और जैकलीन पिछले दो सालों से दिल्ली के ग्रेटर कैलाश में लिव इन

में रह रहे थे। वे न सिर्फ घूमने-फिरने के शौकीन थे बल्कि अपनी लाइफ को एडवेंचरस बनाने के लिए भी काफी उतावले रहते थे। हॉरर उनका पसंदीदा जॉनर था। जब भी कभी कोई हॉलीवुड हॉरर मूवी रिलीज होती, वे अक्सर रात का शो देखने थिएटर पहुँच जाते। फिल्मों के सबसे डरावने सीन जिन्हें देखकर आमतौर पर सिनेमाघर में बैठे दर्शकों की जान हलक में आ जाती, वे तो पॉपकॉर्न खाते हुए ठहाकों के साथ उन दृश्यों का लुत्फ उठाया करते थे।

आज भी इस होटल द हेलोवीन में वे ये सोचकर जा रहे थे कि उन्हें यहाँ बहुत थ्रिल मिलेगा। इस जगह का माहौल भी तो था एकदम हॉलीवुड हॉरर मूवी टाइप, सुनसान से वीरान इलाके में एक गुमनाम-सा होटल। और तो और उसका नाम भी होटल द हेलोवीन। उनके मन में तो कल्पनाएँ भी शुरू हो चुकी थीं कि बस भूत-प्रेत भी अगर सच में हुआ करते तो इस वीकेंड मजा ही आ जाता।

जैसे ही वे होटल परिसर में दाखिल हुए उन्होंने जिज्ञासु भाव से अपने आस-पास का मुआयना करना शुरू कर दिया। उस वीरान जगह में दूर-दूर तक उस अकेले होटल के अलावा कुछ दिखाई नहीं दे रहा था।

होटल एक पुरानी-सी इमारत थी जो उन्नीसवीं शताब्दी की किसी ब्रिटिश अफसर की हवेली जैसा दिख रहा था। उस तीन मंजिला इमारत के आस-पास सालों पुराने बरगद के पेड़ खड़े हुए थे। रात के माहौल में उन पर मंडराते हुए चमगादड़ उस जगह के भुतहा होने का संकेत दे रहे थे। उस होटल के प्रवेश-द्वार पर एक बड़ा-सा हेलोवीन बना हुआ था जो देखने में बेहद डरावना था। दोनों ने बड़े मजे से आस-पास के पूरे वातवरण को निहारा। उन्हें वो किसी हॉरर मूवी का सेट मालूम हो रहा था। रात का अँधेरा और सन्नाटे के साथ खुद के कदमों की आहट उन्हें रोमांचित किए जा रही थी।

जैसे ही उन्होंने उस होटल में कदम रखे उन्हें दरवाजे के ठीक बाईं ओर एक छोटे से होल में उल्लू बैठा हुआ दिखाई दिया। होटल में हल्का प्रकाश था जिसमें चमकती उस उल्लू की आँखें बड़ी डरावनी लग रही थीं। उन्हें उस उल्लू पर हँसी आ गई। "इस बेचारे उल्लू का दिखना कुछ लोग अपशकुन मानते हैं, कैसी मूर्खता है।" रॉबर्ट बड़बड़ाया।

उल्लू की उपस्थिति तो उनके लिए इस लोकेशन में सोने पर सुहागा थी। उन्हें लगा जैसे इस वीकेंड यह होटल विजिट उनकी जिंदगी के सबसे शानदार

अनुभवों में शुमार होने जा रहा है।

अंदर पहुँचने पर जब उन्होंने चारों तरफ नजरें दौड़ाई तो उन्हें वहाँ कोई नजर नहीं आया। ध्यान से देखने पर रिसेप्शन काउंटर के ऊपर रखी हुई एक घंटी जरूर उन्हें दिखाई दी जिस पर लिखा था- 'पुल मी'।

उन्होंने उस घंटी को खींचा जिसने उस गहरे सन्नाटे को चीरते हुए तीव्र ध्वनि की। वहाँ के शांत माहौल में उसकी आवाज वाकई बहुत तेज थी। अगर वहाँ एक-दो किलोमीटर के दायरे तक कोई व्यक्ति होता तो इस घंटी की आवाज उसके भी कान खड़े कर देती।

कुछ मिनटों बाद वहाँ एक शख्स आया जो बीस-बाइस साल का एक लड़का था। वह काउंटर की दूसरी ओर एक कुर्सी पर बैठ गया।

"जी मैं माफी चाहूँगा पूरा स्टॉफ अभी छुट्टी पर है, इस वजह से आजकल होटल का पूरा बंदोबस्त मुझे ही देखना पड़ रहा है। आप बताइए मैं आप की क्या मदद कर सकता हूँ?" लड़के की आवाज सुनकर रॉबर्ट और जैकलीन थोड़ा चौंक गए क्योंकि उस लड़के की आवाज उसकी उम्र से गेल नहीं खा रही थी। मानो तेरह-चौदह साल का कोई बच्चा उनसे बात कर रहा हो।

"गूगल मैप पर आपके होटल का नाम देखा, बस उस नाम से ही आकर्षित होकर इस ओर गाड़ी मोड़ दी। सोचा अपना वीकेंड क्यों न होटल हेलोवीन में ही गुजारा जाए। लेकिन अब जब यहाँ कोई स्टॉफ नहीं है तो फिर आज रात रुककर यहाँ से सुबह चले जाएंगे।" रॉबर्ट ने उवासी लेते हुए कहा।

"जी आप अपना नाम और नंबर इस रजिस्टर में लिख दीजिए, तब तक मैं आपका कमरा तैयार करके आता हूँ।"

रॉबर्ट ने नाम लिखने के लिए काउंटर पर रखी कलम उठाई। जैसे ही उसने रजिस्टर खोला उसने देखा कि इस महीने में वे इस होटल के पहले गेस्ट थे। "अरे वाह! तो हम ही हैं इस महीने के पहले बहादुर।" जैकलीन ने रॉबर्ट से आँख मारते हुए कहा।

इस दौरान उस लड़के ने होटल के बंद पड़े तमाम कमरों में से फर्स्ट फ्लोर पर बना एक कमरा व्यवस्थित किया। वाशरूम में साबुन, शैम्पू, टॉवेल आदि का प्रबंध किया। कुछ देर में वह नीचे रिसेप्शन पर चला आया।

लड़का काउंटर की दूसरी ओर जा ही रहा था कि उसकी आँखें जैकलीन से

मिल गईं। उसने जैकलीन को इस तरह से देखा मानो अरसे बाद किसी खूबसूरत लड़की को देख रहा हो, एकटक। जैकलीन की आँखें किसी मासूम बच्चे की तरह थीं। नींद आने की वजह से आँखों में हल्का-सा पानी उतर आया था। बार-बार पलकें झपकाकर वह नींद से जद्दोजहद कर रही थी। ऐसे में वो और भी ज्यादा सुंदर लग रही थी।

रॉबर्ट और जैकलीन को रूम तक पहुँचाकर उसने उन्हें चाबी सौंपी। जाते वक्त इशारा करते हुए उसने यह भी कहा कि कोई जरूरत हो तो उस टेबल पर रखी घंटी को बजा देना मैं पहुंच जाऊँगा।

वह सीढ़ियों से ऊपर की ओर बढ़ा, तीसरी मंजिल पर जहाँ कई सालों से वह रह रहा था। वहाँ पहुँचकर उसने एक कमरे का गेट खोला। उस कमरे का गेट होटल के अन्य कमरों के गेट से बिलकुल अलग था जैसे उसे दशकों से बदला ही न गया हो। पूरे होटल का रिनोवेशन तो हो गया हो पर उस तीसरी मंजिल का हाल, बिलकुल वैसा था जैसा कि तब था जब उस इमारत का निर्माण हुआ होगा।

यह कमरा ऐसा था मानो कई सालों से किसी ने उसकी सफाई न की हो। जगह-जगह मकड़ी के जाले लगे हुए थे। कमरे में रखी सारी चीजें कमोबेश बाबा आदम के जमाने की लग रही थीं। जमीन पर एक-दो जगह सिंदूर बिखरा पड़ा था। कुछ बिंदियों के पैकेट पड़े हुए थे। यहाँ-वहाँ टूटी हुई चूड़ियाँ दिखाई दे रही थीं। कुछ पुराने पर रईसों जैसे नक्काशीदार बक्से पड़े थे।

सामने दीवार पर एक बहुत बड़ा काँच लगा था जिसमें झाँकने पर पता चल रहा था कि वहाँ उसके सामने कुर्सी पर एक पाँच फीट लंबी गुड़िया रखी हुई है जिसके कुछ बाल सफेद और कुछ काले थे। ऊपर से नीचे तक उसे इस तरह से बनाया गया था मानो वह गुड़िया नहीं कोई औरत ही हो। एक औरत जिसे चलना-फिरना न आता हो।

"माँ मैं जाते वक्त यहाँ खाना रखकर गया था, तुमने अभी तक नहीं खाया?"

"बेटा तेरी ये माँ अब बहुत बूढ़ी हो गई है, उसके हाथ से अब ये रोटी तोड़ी नहीं जाती।"

"रुको माँ मैं ही खिलाता हूँ।"

"अरे मेरा बेटा तू तो कितना अच्छा खाना बनाने लग गया है, अब तो मेरी सेवा के लिए मुझे बहू भी नहीं चाहिए।"

"माँ तुम्हारे सारे कपड़ों पर ही खाना लग गया है, रुको मैं नयी साड़ी लेकर आता हूँ।"

"ठीक है बेटा, जल्दी आना पर... तुझे पता है न तेरी माँ को यहाँ इस कमरे में अकेले डर लगता है।"

लड़का साड़ी लेने दूसरे कमरे में जा ही रहा होता है कि अचानक उसे कुछ याद आता है और वह नीचे की ओर चल पड़ता है।

वह उसी कमरे की तरफ जाता है जिसमें हाल में ही आया हुआ वो प्रेमी जोड़ा रुका था।

चाबी लगाने वाले सुराख से वह उस कमरे में झाँकने की कोशिश करता है। कमरे की धीमी रौशनी में उसकी नजर जैकलीन के चेहरे पर पड़ती है। काफी थकने के कारण वह सो चुकी थी पर उसके चेहरे का नूर अभी भी देखने लायक था। उसने गौर किया कि उससे बिलकुल सटकर रॉबर्ट सोया हुआ है और उसका हाथ जैकलीन के ऊपर रखा हुआ है। उसे बहुत ईर्ष्या हुई। उसने रॉबर्ट की ओर उन नजरों से देखा, जैसे रॉबर्ट ने उसकी कोई बेशकीमती चीज चुरा ली हो।

यह दृश्य देखकर वह बुझे हुए मन से ऊपर की ओर चला जाता है।

"माँ तुझे पता है आज अपने घर कौन आया है?"

"कौन आया है बेटा?"

"एक बहुत सुंदर लड़की, एकदम तुम्हारी तरह। तुम तो उसे देखते ही पसंद कर लोगी।"

"बेटा तेरी माँ को तो बस तू चाहिए, तू मेरे साथ इसी तरह रहना बेटा जिंदगी भर। कभी भी छोड़कर मत जाना।"

अगले दिन सुबह दस बजे के करीब जब चेकआउट करने रॉबर्ट और जैकलीन रिसेप्शन पर आते हैं तो वह पहले ही वहाँ पहुँच जाता है।

"गुड मॉर्निंग!" लड़के ने उन दोनों की ओर देखते हुए कहा।

"गुड मॉर्निंग! रात के स्टे के लिए थैंक यू! आपके इस होटल की लोकेशन हमें बहुत पसंद आई है हम अगली बार जल्द आएँगे। उम्मीद है तब तक आपका स्टॉफ भी यहाँ आ जाएगा। बताइए हम लोगों को कितना पे करना है?"

"ट्वेंटी थ्री हंड्रेड रूपीज सर।"

पैसे देने के बाद रॉबर्ट और जैकलीन होटल परिसर में खड़ी अपनी कार की

ओर बढ़ते हैं। जहाँ उन्हें दिखाई देता है कि गाड़ी के दोनों अगले टायर पंचर हो गए हैं। "कमाल है, कल तक तो सब ठीक था, आज सुबह अचानक इस गाड़ी को क्या हो गया।" रॉबर्ट ने हल्के स्वर में जैकलीन से कहा। मजबूरीवश दोनों ने वापस उसी होटल का रुख किया।

"माफ कीजिए हमारी गाड़ी पंचर है, क्या आप यहाँ किसी मैकेनिक को जानते हैं?" रॉबर्ट ने रिसेप्शन काउंटर पर बैठे उस लड़के से पूछा।

"हाँ सर मैं आपका यह काम करवा दूँगा पर इसमें कुछ टाइम लगेगा। तब तक आप चाहें तो यहाँ आराम कर सकते हैं।"

"हाँ यही बेहतर रहेगा।"

"जी क्या मैं आपसे एक अनुरोध कर सकता हूँ?"

"हाँ बताइए।"

"मैंने ब्रेकफास्ट तैयार कर दिया है, यदि आप लोग चाहें तो मैं आपको सर्व कर सकता हूँ।" लड़का रॉबर्ट से बात करते हुए भी बीच-बीच में तिरछी निगाहों से जैकलीन की ओर देख रहा था।

"स्योर!"

"सेकेंड फ्लोर पर डाइनिंग एरिया है, आप वहाँ इंतजार कीजिए, मैं आपका ब्रेकफास्ट लेकर आता हूँ।"

वह डाइनिंग टेबल एक शाही घराने की जितनी भव्य थी, उसकी कुर्सियों के पीछे की ओर का हिस्सा बहुत लंबा था जो उन्हें बहुत ही रॉयल लुक दे रहा था। उन कुर्सियों पर बैठकर रॉबर्ट और जैकलीन ने महसूस किया कि शायद ही कभी इतनी रॉयल डाइनिंग टेबल पर उन्होंने खाना खाया हो। उस पर ब्रेकफास्ट के शाही अनुभव से वे काफी प्रभावित हुए।

वहाँ अपनी कार के बारे में पूछने पर लड़के ने उन्हें बताया कि दो घंटे के आस-पास का समय लगेगा उसे सही होने में। साथ ही उसने यह कहते हुए उन्हें आज रात और रुकने का सुझाव दिया कि वह उनके लिए यहाँ शानदार लंच और डिनर भी खुद बना सकता है। ब्रेकफास्ट से और उस रॉयल डाइनिंग से प्रभावित होकर उन्होंने आज रात और वहाँ रुकने की हामी भर दी। इसके बाद वे अपने कमरे में चले गए। लड़का भी ऊपर की ओर प्रस्थान करता है।

"माँ मैंने तेरे लिए बहू ढूँढ़ ली है।"

"बेटा क्या बात कर रहा है, तू ही मेरे लिए काफी है मुझे कोई बहू नहीं चाहिए।"

"माँ पर मुझे वो पसंद है, बस प्रॉब्लम ये है कि उसके साथ एक और लड़का है।"

"ये तो अच्छी बात है बेटे, जाने दे तेरी माँ का प्यार ही तेरे लिए काफी है।"

लड़का कमरे से एक रस्सी उठाकर नीचे की ओर चल देता है।

थोड़ी देर पहले ही जब जैकलीन शॉवर लेने बाथरूम में थी, रॉबर्ट अकेला बैठा हुआ ऊबने लगा तो होटल के लॉन में टहलने के लिए चला गया।

लड़के ने रॉबर्ट को देखकर पीछे से घात लगाकर हमला कर दिया। इससे पहले कि रॉबर्ट कुछ समझ पाता लड़के ने उसके गले पर रस्सी की कसावट को और बढ़ा दिया। और रस्सी से तब तक उसका गला घोंटता रहा जब तक कि रॉबर्ट की चीख निकलनी बंद नहीं हो गई।

रॉबर्ट की लाश को होटल के पीछे एक नाले में फेंककर वह लड़का होटल की तीसरी मंजिल के एक कमरे में जाता है।

"माँ मैंने उसे मार दिया, अब हम दोनों के बीच कोई नहीं आएगा।"

"किसे मार दिया बेटे।"

"वही जो तुम्हारी होने वाली बहू के साथ था।"

"ये क्या किया बेटा, तेरे बिना मैं अकेली हो जाऊँगी। मुझे कोई बहू नहीं चाहिए बेटा। रुक मैं सारे फसाद की जड़ उस लड़की को ही खत्म कर देती हूँ।"

इतना कहकर साड़ी पहने हुए वह लड़का हाथ में चाकू लिए, उस कमरे की ओर बढ़ गया जहाँ जैकलीन थी। उसने दरवाजा खोलकर सामने बाथरोब पहने हाथ में मोबाइल लिए बैठी जैकलीन पर एक जोरदार वार किया जो उसके हाथ को हल्का-सा लगा, पर वह बच गई। अचानक हुए इस हमले से जैकलीन घबरा गई। बदन पर साड़ी डाले वह लड़का उसी की ओर बढ़ रहा था। उसने थोड़ा साहस जुटाया और लड़के को एक और धक्का मार दिया और उसी हालत में तेजी से दौड़ते हुए सीधे हाइवे की ओर बढ़ गई। दौड़ने के दौरान वह एक बार भी पीछे मुड़कर देखने की हिम्मत नहीं जुटा पाई। कुछ देर चलने के बाद उसे हाइवे पर एक कार से लिफ्ट मिली जिसने उसे थोड़े समय में पुलिस स्टेशन पहुँचा दिया।

जैकलीन ने पुलिस को सिसकते हुए आपबीती सुनाई, जिससे उस होटल हेलोवीन के लड़के के खिलाफ एक एफआईआर दर्ज कर ली गई। एएसपी राघवन के नेतृत्व में पुलिस की एक टीम ने होटल द हेलोवीन का रुख किया।

पुलिस की टीम उस लड़के को पकड़ लेती है जो उस वक्त साड़ी पहने हुए होटल की तीसरी मंजिल के उसी कमरे में मिलता है, जिसकी एक कुर्सी पर पाँच फीट ऊँची वही गुड़िया रखी थी जिसके कुछ बाल सफेद थे और कुछ काले। पूछताछ के बाद रॉबर्ट की लाश भी नाले से निकाल ली जाती है। जिसे देखकर जैकलीन के होश उड़ गए और वह सोचने लगी कि काश उस दिन होटल हेलोवीन गूगल मैप पर न दिखा होता और उस कच्चे रास्ते पर गाड़ी नहीं उतारी होती। जो हॉरर कल तक उसे थ्रिल देता था आज उस हॉरर शब्द से उसे नफरत हो गई थी।

पूछताछ के दौरान वह लड़का अक्सर दो आवाजों में बात कर रहा था। पहली आवाज में किसी ऐसे वयस्क की झलक मिलती जिसकी बोली में बचपना है और दूसरी आवाज एक पचास साल के आस-पास की महिला जैसी होती।

बड़ी मशक्कत से और कई मनोचिकित्सकों से बातचीत और विभिन्न आयामों पर विश्लेषण के बाद उस व्यक्ति की यह कहानी सबके सामने आई।

लड़के का संबंध एक शाही परिवार से था। लड़के के दादा अंग्रेजों के समय एक छोटी-सी रियासत के राजा थे। वह होटल तब एक हवेली हुआ करता था, जो उसके पापा को विरासत में मिली थी। जहाँ वो अपनी माँ और पापा के साथ रहता था। वह अपने छोटे से परिवार के साथ हँसी-खुशी जिंदगी जी रहा था।

करीब सात-आठ साल पहले एक रोज उसकी माँ को पता चलता है कि उनके पति का किसी दूसरी लड़की के साथ अफेयर है और वह उन्हें चेतावनी देती है कि अपनी प्रेमिका और पत्नी में से किसी एक को चुनें।

उसके पापा कसम खाते हैं कि आगे से उससे नहीं मिलेंगे। पर वे उससे मिलना जारी रखते हैं। एक रोज जब वह बेसमेंट में अपने पति को फिर से उस लड़की के साथ देख लेती है तो केरोसिन डालकर बेसमेंट में आग लगा देती है और ऊपर की ओर आने वाला दरवाजा बंद कर देती है।

उसी दिन उसकी माँ उस लड़के से यह कहते हुए कि बेटा तू तो मुझे किसी लड़की के चक्कर में नहीं छोड़ेगा, तीसरी मंजिल के उस कमरे को अंदर से बंद

करके एक रस्सी से लटककर अपनी जान दे देती है, जिस कमरे में वह गुड़िया रखी रहती थी।

उस 14-15 साल के लड़के ने एक ही दिन में अपने माँ-पापा को खो दिया था। पापा तो गलत थे, माँ को धोखा दे रहे थे, पर माँ? उनका क्या कसूर था? किसी भारतीय पत्नी की तरह वे भी अपने पति को किसी दूसरी औरत के साथ नहीं देख सकती थी, बस यही थी उनकी गलती। समाज के मानदंड स्त्री और पुरुष के लिए इतने अलग क्यों हैं? क्यों एक पत्नी से तो पतिव्रता होने की अपेक्षा की जाती है पर उसी समाज द्वारा पति पर ऐसी कोई भी बंदिश नहीं लगाई जाती?

लड़का उस रात लाश को उसी हवेली के पीछे वाले नाले में ठिकाने लगा देता है। वह लड़का इतनी बड़ी हवेली में अकेला हो जाता है, ऊपर वाले कमरे में तो जाने से भी डरता है, जिस कमरे में उसकी माँ श्रृंगार किया करती थीं। जहाँ की बालकनी से चाँद देखकर अपना करवाचौथ का व्रत तोड़ा करती थीं।

पर अब तो माँ नहीं थी, माँ-माँ चिल्लाते हुए सुबह से शाम हो जाती। वक्त के साथ फ्रिज में रखा खाना भी खत्म होने लगा। फल, सूखे मेवे सब एक-एक करके खत्म होते जा रहे थे। उसने खुद से खाना बनाने की कोशिश की। पर सब्जी काटते वक्त एक उँगली काट ली। जोर से चिल्लाया पर आँसू नहीं निकले।

आँसू तो वो इतने बहा चुका था कि अब आँखें सूख चुकी थीं। दो-तीन दिन तक बिना कुछ खाए पड़ा रहा। अकेले घर में और उस वीरान जगह में उससे बात करने वाला कोई नहीं था। एक रोज जब वह अपनी माँ के मरने के बाद पहली बार तीसरी मंजिल वाले कमरे में गया तो स्मृतियाँ उसे पीछे खींच लाईं। माँ की गोद में बचपन से लेकर उस मनहूस दिन से पहले तक का सफर उसे याद हो आया। माँ से जुदाई उसे असह्य हो गई। उसका मन उस रोज यह मानने को तैयार नहीं हुआ कि माँ गुजर चुकी हैं।

उसने पाँच फीट की एक गुड़िया बनाई। उसने हर संभव कोशिश की कि वह हूबहू उसकी माँ की तरह ही दिखे। और कुछ हद तक ऐसा करने में उसे कामयाबी भी मिल गई। अब उस वीरान घर में उसके साथ बात करने के लिए वो गुड़िया थी। वह ठीक वैसे ही उससे बातें करता जैसे कि वह अपनी माँ से ही बातें कर रहा हो। और वह अपनी माँ से कुछ पूछता तो गुड़िया की ओर देखकर उनकी तरफ से उत्तर में भी अपनी माँ की आवाज में बोलने की कोशिश करता।

वह गुड़िया जिसमें उसने अपनी माँ की कल्पना की वह उसके लिए एक शाप बन चुकी थी। वह उसे बार- बार माँ की याद दिलाती। और वह उस गुड़िया की ओर से माँ बनकर खुद से ही बातें करता।

समय के साथ उसकी आवाज बिलकुल हूबहू अपनी माँ जैसी हो गई। और उसका दो आवाजों में खुदसे बातें करना निरंतर जारी रहा।

अपनी रोजी रोटी के लिए उस हवेली को उसने होटल द हेलोवीन में तब्दील कर लिया।

यूँ तो वहाँ मुश्किल से ही कोई गेस्ट आता और आता भी तो ज्यादातर पुरुष ही होते। पर कभी-कभार कोई लड़की भी आ ही जाती, तो वह उसकी ओर आकर्षित होता।

तीसरी मंजिल के कमरे में जाकर प्रश्न करता, माँ तुझे यह लड़की पसंद है और माँ बनकर उत्तर देता कि तू मुझे किसी लड़की के चक्कर में आकर मत छोड़ देना बेटा, जैसा तेरे पापा ने किया था।

अमूमन माँ से बहस के दौरान वह उनके सामने हार जाता, और कह देता ठीक है माँ जैसा तुम कहो।

पर इस बार जैकलीन की मासूम सूरत ने उसे मदहोश कर दिया था, शायद जैकलीन से वह प्यार कर बैठा था। जिसके लिए उसने अपनी माँ की एक न सुनी।

और जब उसने रॉबर्ट को मार दिया तो उसके जेहन में जो उसकी माँ का रूप बन गया था उससे यह सहन नहीं हुआ। खुद अकेले हो जाने के डर से वो जैकलीन को मारने दौड़ पड़ी थी।

"अब जैकलीन कैसी है ?" मैं भी अब उस लड़के का दो आवाजों में बोलने का खौफ और उस सफेद-काले बालों वाली गुड़िया की भयावहता महसूस कर रहा था। इस पूरे किस्से के दौरान मेरा तो रोम-रोम सिहर उठा था।

"वो सदमे में है। बेचारी रॉबर्ट से बहुत प्यार करती थी। अब वो दिल्ली छोड़कर वापस बेंगलुरु अपने घर जा रही है। क्या यह कहानी वाकई दिलचस्प है ?"

"यह तय करना तो पाठकों का काम है। आपका धन्यवाद!"

एक मनहूस कलश

उसके फटे-चिटे हाल को देखकर सबकी नजरें उसकी ओर जम रही थीं पर वह इसका आदी था। बल्कि यूँ कहा जाए कि वह इन आश्चर्य से भरी हुई आँखों को लेकर अत्यंत सहज हो चुका था। अक्सर कभी उसके पड़ाव में जब कोई सुनसान रास्ता आता और राहगीरों के अजीबोगरीब भाव वाले चेहरे उसे न दिखते तो वह सच में अकेला महसूस करने लगता।

न जाने कितने ही लोग उसे देखकर अनाप-शनाप बोलते हुए नजरें घुमा लेते थे। कुछ लोग दया के भाव से भी देखते पर बाकी जिनमें अक्सर बच्चे होते वे उसका मजाक बनाते और कई बार तो उसे पत्थर मारकर भगा भी देते।

एक बात जो उसमें गौर करने लायक थी कि उस बेढंगे आदमी की दिनचर्या में एक काम इस तरह से बस गया था कि उसे किए बिना वह खाने की तलाश पर भी नहीं निकलता। उसके जेहन में कुछ बड़ा था, कुछ ऐसा जिसे करने की कोशिश वह पिछले कई दिनों से कर रहा था पर अगर-मगर की शंका वाले भाव उस काम को अंजाम तक पहुँचाने से पहले ही उसे रोक देते थे।

जैसे ही वह अगले चौराहे के मोड़ पर पहुँचा उसके मन में विचारों की जो कशमकश चल रही थी उसमें भी एक नया मोड़ आया। अभी तक वह यही सोच कर परेशान था कि क्या होगा अगर वह यह नहीं कर पाया और पकड़ा गया तो। वह हैरान था यह सोच-सोचकर कि इस जुर्म में पकड़े जाने पर उसे आखिर क्या सजा मिल सकती है ?

पर अब वह दिमाग पर जोर देकर ये सोचने की कोशिश करने लगा कि क्या कभी पहले भी उसने चोरी की है अथवा नहीं ? लेकिन उसे कुछ याद नहीं आया। क्योंकि उसने जो किया था शायद वह चोरी नहीं थी। ऐसा हर काम जिसकी सजा

मिल जाए वो गलत हो यह जरूरी तो नहीं।

वो वाकिया उसकी सरल-सी जिंदगी की सबसे पेचीदा घटना थी। उन दिनों वह मेहनत करता था, काम करता था। पर एक बार जब उसके और आस-पास के कई जिलों में अकाल पड़ा तो खाने की अतिशय कमी हो गई और मजदूरी का, यहाँ तक कि कुली का काम मिलना भी बंद हो गया।

उसकी जो भी कुछ पूँजी थी उससे कुछ दिन तो जैसे-तैसे निकल गए पर फिर दाने का मोहताज होना पड़ा। कई दिनों भूखा तड़पते हुए वह यही सोचा करता था कि अच्छा है वह अनाथ है, कम-से-कम उसके साथ और जानें तो भूख के मारे नहीं बिलख रहीं।

आखिर जब यह भूख असह्य हो गई तो उसने अपने दिमाग को बहुत दौड़ाया और पता करना चाहा कि कोई तो रास्ता होगा जो उसे इस तरह भूखा मरने से बचा सके। उसे खयाल आया अपने पुश्तैनी कलश का जो उसकी विरासत की इकलौती काम आ सकने लायक चीज थी।

ताँबे का वह कलश मुश्किल से पाँच-सात किलो का रहा होगा। उसके ऊपर जमी ढेरों हरी परतें गवाही दे रही थीं उस कलश के वर्षों पुराने होने की। साथ ही उसके बाहरी पृष्ठ पर अत्यधिक आकर्षक कारीगरी थी जो बहुत ही करीने से की गई थी। ऐसी कि जिसे करना आजकल के कारीगरों के बस में न था।

उस कलश को अपने साथ लेकर वह परचून की दुकानों की तरफ बढ़ा, जिनसे उधार राशन के लिए कई बार न सुन चुका था। अब उसके हाथ में कलश था, अब भरोसा ज्यादा था।

वह इलाके की कमोबेश सभी दुकानों पर गया जहाँ राशन की कीमतें अकाल की संभावित वजह से कई गुना बढ़ चुकी थीं। उसने एक सुर में सारे दुकानदारों को कहता पाया कि इन पुश्तैनी चीजों की कीमत इस समय कुछ नहीं रह गई है। हर जगह नकद में ही काम हो रहा है और कुछ दुकानदार जो कलश ले भी रहे थे उनकी कीमत में इतना फासला था कि मानो कुत्ते की कीमत में हाथी चाहते हों।

तलाशते-तलाशते वह थोड़ा दूर जा पहुँचा इतना दूर कि अब दुकानें भी नयी थीं और उन पर खड़े खरीदार भी।

समय भी शाम का हो चला था। यहाँ वह अभीष्ट कीमत की चाह में एक दुकान पर पहुँचा। पैरों में चलते-चलते छाले पड़ चुके थे। अब उसकी हिम्मत जवाब देने लगी थी। आखिर लाचार होकर उसने हार मान ही ली। औने-पौने दामों में अपने पुरखों का एकमात्र कलश वह देना नहीं चाहता था और अब भूखा रहना भी उसके बस के बाहर रहा होगा कि एकाएक उसने सबकी नजरें बचाकर चावल की बोरी से कुछ चावल अपने कलश में गिरा लिए।

उसी दुकान पर सौदे के लिए खड़े एक हवलदार की नजर उस पर या कहा जाए कि उसकी बदहाली और गरीबी पर पड़ गई। बाकी उसे कुछ चुराते हुए तो उसने देखा भी न था।

उसके हाथ में कलश देखकर हवलदार ने उसे पकड़ लिया। भूख की वजह से दुर्बल शरीर और सुबह से चलते रहने के कारण मैले कपड़ों से झाँकती उसकी गरीबी ने सबको सहमत भी कर लिया कि सिपाही ने सही किया उसे पकड़कर और उसके पास जो कलश है वह उसका नहीं है बल्कि चोरी का है।

और फिर जब कलश में पड़े एक मुट्ठी चावल पर सबकी निगाहें पड़ीं तो हाय! उसका एकमात्र सहारा उसका कलश भी सबके साथ चीखकर चिल्लाने लगा कि तू चोर है, तू नीच है, तू गरीब है।

अभी यह सब चल ही रहा था कि उसे पछतावा हुआ कि काश! वह इतनी दूर न आया होता, ये उसका इलाका होता जहाँ के लोग आकर कहते कि हर गरीब चोर नहीं होता और ये तो मेहनत करने वाला है, अकाल की मनहूसियत खत्म होने पर इसे काम भी मिलने लगेगा। या इस बात का भी मलाल उसके मन में रहा कि वह पहले ही न के बराबर दामों में ही सही पर बेच देता इसे, इस मुसीबत की जड़ कलश को।

अकाल का दौर कमोबेश चोरियों का, डकैतियों का भी दौर होता है। और उन दिनों का अकाल भी इस मामले में नया नहीं था।

इन चोरियों में अक्सर कई रसूखदार लोगों के घर में भी चोरी हुआ करती थी। पुलिस महकमे पर जिनकी कार्रवाई को लेकर भीषण दबाव हुआ करता था। ऐसी ही किसी चोरी का मुख्य आरोपी यह हाल का चावल चोर बन चुका था। जो यह भी नहीं जानता था कि किसके यहाँ चोरी हुई है ? आखिर चोरी हुआ क्या है ?

उस पर जुर्म कबूलने का दबाव पड़ा और पिटाई की शुरुआत होने ही वाली

थी कि उसने यह कहने की हिम्मत जुटा ली- 'साहब खाना मिल जाएगा तो कोई भी जुर्म मान लेंगे कि हमीं ने किया है।'

लेकिन सिर्फ जुर्म कबूल कराने से बात नहीं बनने वाली थी, चोरी हुए सामान की जब्ती भी होनी थी। संदिग्ध को पकड़कर तो बस खानापूर्ति हुई थी कि पुलिस महकमा अमुक साहब का केस कितनी तत्परता से ले रहा है।

दो या तीन दिन ही हुए होंगे कि असल गिरोह पकड़ा गया। उस गिरोह में चार चोर थे। घर में जिस हिसाब से चोरी की जा सकती थी किसी अकेले आदमी के बस के बाहर ही था।

उसे छोड़ तो दिया गया पर साहब कोई माफी नहीं कोई सहानुभूति नहीं। हकीकत ही है कि कानून भी सिर्फ जिसकी लाठी उसकी भैंस का उदाहरण बनकर गरीब का मजाक बनाने का जरिया बन गया है। आखिर एक गरीब को समानता के कितने भी सपने दिखा दिए जाएँ पर कोई भी समानता उस पर लगा गरीबी का ठप्पा नहीं हटा सकती।

जेल से निकलते वक्त जब उसने अपने पुश्तैनी कलश के बारे में पता लगाने की कोशिश की तो कुछ गालियों के साथ यह पता लगाने में वह कामयाब हो गया कि कलश वही 'अमुक साहब' अपने घर ले गए हैं जिनके सामान की चोरी के इल्जाम में वह बदनसीब हवालात की हवा खा रहा था। वे अमुक साहब उसके विरासती कलश को चमकाकर अपने बैठके की शान बढ़ाने वाले थे।

दिमाग में 'अमुक साहब' का जिक्र आते ही वह इस लंबी-चौड़ी सोच से बाहर निकला और जैसे ही वर्तमान में आया उसे आभास हुआ कि वह अपनी मंजिल के ठीक सामने खड़ा है। एक ऐसी मंजिल जहाँ का सफर वह रोज शुरू करता था और रोज ही वहाँ पहुँचकर खाली हाथ लौटता था। इस उम्मीद में कि कभी तो वह दिन आएगा जब रोज-रोज की उसकी ये दौड़ पूरी हो जाएगी।

सड़क की दूसरी ओर उन्हीं अमुक साहब का घर था। घर या कहिए बड़ी-सी कोठी थी। वह कोठी अपनी कारीगरी में भव्यता के नये आयाम लिए हुए थी। ऊपर से यह कोठी जितनी शानो-शौकत समेटे हुए थी उतना ही गरीबों का खून-पसीना भी लगा होगा इसे बनाने में, कितने ही सपने टूटे होंगे इसे इतना शानदार बनाने में।

जब वह उस कोठी की ओर बढ़ ही रहा था कि अचानक उसकी नजर अपने

हाथों की आकर्षणहीन झुर्रियों पर पड़ी। अचानक चौंककर वह अपने पूरे बदन को टटोलने लगा और हर जगह वही कमजोरी, वही लटकी हुई खाल महसूस करने लगा। उसे ऐसा लगा कि जैसे अभी-अभी किसी बहुत बड़े रहस्य पर से पर्दा उठा है।

बुड्ढे होने का जो अहसास वह सुबह से भूल बैठा था और सुबह से उसकी मन:स्थिति उसे उस दिन जितना ही जवान बनाए हुए थी जितना कि वह तब हुआ करता था जब मेहनत करता था, जब वह कमाता था। अब वह होश में था अब वह एक कमजोर और लाचार बूढ़ा था।

एकाएक विचारों की बेतरतीब वर्षा होने लगी कि क्या एक बेबस-सा बुड्ढा उस कोठी में जा पाएगा, वह भी चोरी करने के इरादे से? तो क्या हुआ कि उस लाखों-करोड़ों की जायदाद में एक कलश उसका भी है।

जिस कलश को देखकर वह अक्सर अपने पूर्वजों के बारे में सोचता था कि जरूर उनके दिन अच्छे बीतते होंगे और फिर कोई अनहोनी हुई होगी जो उसकी विरासत एक खंडहर जैसे वर्षों पुराने मकान और उस एक कलश तक ही सीमित रह गई। उन दिनों वह बार-बार ये सोचकर मुस्कुराता था कि एक दिन उसकी मेहनत भी रंग लाएगी और वे दिन जो कभी उसके पूर्वजों के वैभव के रहे होंगे उन्हें वापस लाएगा। वह कलश ही उसके माँ-बाप के अहसानों का जीता जागता सबूत था कि गरीबी को ढकने के लिए जिस चादर को उन्होंने ओढ़ा था भले ही वह झीनी हो, छोटी हो पर ये कलश उन्होंने बचा के रखा था उसके लिए। उसे याद है कि दिनभर मेहनत करने के बाद जब रात को वह घर आता था तो यही कलश उसके टूटे हुए बदन का ढाँढस बँधाता था आने वाले सूरज के लिए, आने वाली नयी सुबह के लिए।

भूल तो वह यह भी नहीं पाया था कि उस दिन जिस दुकान पर वह चोरी के इल्जाम में पकड़ा गया था वहाँ उसे अपने प्रेरणादाता कलश की कीमत भी अच्छी मिल रही थी, पर अपनी विरासत का यह कलश जो उसके लिए किसी बड़े-से-बड़े खजाने से भी बढ़कर था उससे बेचा न गया। वह खुद को यही समझाता रहा था कि कलश का हर दाम जो जमाने वालों के लिए ठीक था उसके लिए औना-पौना ही है।

दरअसल उसे बेचने के बाद वह भविष्य में किस मकसद से काम करेगा

यह खयाल ही उसे झकझोर रहा था। पर इसे किस्मत का दोष कहा जाए या गरीब होने की सजा? जिस कलश को उसने कई दिन की भूख से गुजरते वक्त भी न बेचा, जिसे बचाने के लिए उसने चावल चुराना भी मंजूर कर लिया, वही एक ऐसे व्यक्ति के पास जा पहुँचा था जो शायद अब तक भूल भी गया हो कि इस तरह की कोई वस्तु है भी उसके पास। उस वस्तु से उसका जुड़ाव इतना बढ़ चुका था कि उस दिन थाने से निकलने के बाद उसने कभी कुछ ऐसा नहीं किया जिसके बारे में वह कह सके कि ये मेरी मेहनत का फल है। उस कलश के साथ ही उसके आने वाले कल को लेकर देखे सारे सपने भी वही 'अमुक साहब' ले गए थे अपनी बैठक में।

अब तो सड़क के उस पार जाने में भी उसे संदेह हो गया, गाड़ियों की भीड़ उसे चकाचौंध में डाल रही थी। सुबह से जो दृष्टि साफ थी अब धुँधली हो गई थी। उसका आत्मविश्वास खो चुका था।

या यूँ कहें कि उसे एक और अगर-मगर मिल चुका था आज फिर यहाँ से खाली हाथ लौट जाने के लिए, जो पिछले चालीस सालों से उसे रोज मिल ही जाता था।

शर्मा जी का लड़का

उसकी बड़ी-बड़ी आँखें जो ऐसी लगतीं मानो ऊपर वाले ने खुद से काजल लगाकर भेजा हो। गोल-सा चेहरा जिस पर हर वक्त एक हल्की-सी, सीधे दिल में उतरने वाली मुस्कान बनी रहती। इतने सालों में उस चहरे पर मैंने कभी चिंता की एक शिकन तक नहीं देखी। हाइट पाँच फुट आठ इंच के करीब और एकदम गोरा रंग। शरीर ऐसा कि मोटे या पतले होने का कोई उपनाम उसे नहीं दिया जा सकता था। कुल-मिलाकर उसका रूप-रंग ऐसा था कि आजकल के जो टिकटोक स्टार दुनियाभर के फिल्टर लगाकर हैंडसम होने का दावा करते फिरते हैं वे भी उसे देखकर नजरें नीची करके चुपचाप कहीं खिसक जाएँ।

शख्सियत इस तरह की कि जब सब बोलते वह बड़े ध्यान से धैर्यपूर्वक सुनता और जब वह बोलता तो शांत, धीमे और मन पर छाप छोड़ देने वाले अंदाज में। इस तरह से कि एक बार जो उसे सुन लेता बार-बार उसका सानिध्य खोजता। करीब-करीब हर महत्त्वपूर्ण विषय पर उसकी अच्छी पकड़ होती। वह सामने वाले को जानकारी का भंडार लगता।

वह सच्चे मायनों में एक बहुमुखी प्रतिभासंपन्न व्यक्ति था। पढ़ने में सबसे अव्वल, कविताएँ लिखता था, शतरंज का स्टेट लेवल चैंपियन, अध्यात्म में रुचि थी, प्राणायाम-व्यायाम करता था, गिटार बजाता था, गाने गाता था। दो साल पहले मुझे पता चला कि सिंगापुर रहते हुए वह अच्छा कुक भी हो गया है। यहाँ तक कि क्रिकेट में भी गजब का ऑल राउंडर था वह।

मैं शशांक शर्मा को बहुत पहले से जानता हूँ। बीस साल पहले हमारी नवनिर्मित कॉलोनी में हम दोनों के परिवार यहाँ शिफ्ट हुए थे। उस समय हम दोनों ही छह-सात साल के रहे होंगे। कॉलोनी के पास में ही एक स्कूल भी खुला

था उन दिनों, जिसमें हम दोनों का एडमिशन हुआ था। हम दोनों न सिर्फ पड़ोसी थे बल्कि एक ही स्कूल की एक ही कक्षा के विद्यार्थी भी थे।

शशांक के पापा शहर के एक नामी कॉलेज में समाजशास्त्र के प्राध्यापक थे। वे भी उसी की तरह हँसमुख और मिलनसार स्वभाव के व्यक्ति थे। इतने उदार कि प्राणिमात्र को लेकर उनमें गहरी संवेदनाएँ थीं। वे अपने घर की छत पर पक्षियों के लिए हमेशा कुछ अनाज के दाने और पानी रखते थे, साथ ही अन्य लोगों को भी ऐसा करने के लिए प्रेरित करते। हर महीने शहर की सभी छोटी-बड़ी गौशालाओं में दान देते। कभी-कभी समय निकालकर उन गौशालाओं में जाते भी और अपने हाथों से गाय को खिलाते, वात्सल्य भाव से उस पर हाथ फेरते। ऐसा करते वक्त वे गाय से बोलकर बातें भी किया करते।

इन्हीं की छत्रछाया में शशांक शर्मा नाम का बीज अंकुरित हुआ और फला-फूला। उसका हाव-भाव और व्यक्तित्व अपने पिता के स्नेहशील चरित्र का ही विकसित रूप था। उनके संस्कारों को खुद में क्या खूब समेटा था उसने।

शर्मा जी के यहाँ शुरू से ही संस्कारमय वातावरण था, रामचरित मानस का पाठ, महापुरुषों की जीवनियाँ। वर्तमान के हर ज्वलंत मुद्दे को लेकर बाप-बेटे का वाद-विवाद। कोई रोक-टोक नहीं। आजकल जो हर घर में ही देखने को मिलती है इन बाप-बेटों में ऐसी कोई औपचारिकता नहीं थी। वह कितना भाग्यशाली था जो एक ही सोफे पर बैठकर न सिर्फ अपने पापा से बातचीत कर सकता था बल्कि उनके सामने ही उनकी किसी बात से असहमति व्यक्त करके भी सलामत बच जाता था। ऐसा अगर मैं कर दूँ कहीं तब मेरे पापा तो मेरी जुबान ही खींच लें।

जब भी कभी रामेश्वर शर्मा मुझसे टकराते मेरी पढ़ाई और मेरे भविष्य को लेकर मुझसे चर्चा करते। लेकिन मेरा तो अपने कैरियर को लेकर कभी कुछ निश्चित रहा ही नहीं या यूँ कह लो कि मैं कुछ निर्णय लूँ इतनी लक्जरी मुझे कभी मिली ही नहीं।

दूसरी ओर मेरे पापा, शहर के सबसे बड़े बिजनेसमैन। हर दिन लाखों का कारोबार होता। यूँ तो फोन पर ही खरीदने-बेचने की बातें होतीं पर हफ्ते-दस दिन में ऑफिस का चक्कर लगा ही आते। पापा के लिए हर चीज की एक कीमत होती, किसी की ज्यादा तो किसी की कम।

मैं भी ऐसी ही एक चीज था, जिस पर पापा पिछले पच्चीस सालों से इन्वेस्ट कर रहे हैं। जिसका रिटर्न उन्हें कभी अपने मन मुताबिक नहीं मिला।

घर के इस माहौल से संस्कारों और नैतिकता की सीख मिलना तो छोड़िए, यहाँ पापा पैसों के लिए गलत काम या फिर कोई कानून तोड़ना तक बाएँ हाथ से करते। उनका सारा ध्यान तो बस इस बात पर होता कि किसी को कानों कान खबर न हो पाए।

ऐसा ही एक वाकिया है जब एक बार घर पर पुलिस का छापा पड़ा था। घर के पिछले हिस्से में एक बड़ा गोदाम था, उसमें कुछ मछलियाँ रखी हुई थीं। पुलिस को संदेह था की उन मछलियों के माध्यम से अवैध चीजों की तस्करी की जा रही है। पुलिस ने जब उन मछलियों को काट कर देखा तो पुलिस को कुछ हाथ नहीं लगा। बाद में मैंने पापा को एक फोन पर बात करते सुना जिसमें वह एक शख्स को धन्यवाद दे रहे थे क्योंकि उसने कुछ घंटे पहले ही इस छापे की सूचना पापा को दे दी थी, जिससे जिन मछलियों में तस्करी के हीरे थे उन्हें पहले ही किसी और जगह भेज दिया गया था। 'वह खबरी शायद कोई पुलिस वाला ही होगा', मैंने उस दिन मन में सोचा था।

हम दोनों साथ में स्कूल जाते और साथ में ही वापस घर आते। वह स्कूल में सारे टीचरों का चहेता था। छोटा था तब तो और गोलमटोल। क्लास टीचर से लेकर प्रिंसिपल तक कोई भी उसे लाड़-दुलार किए बिना नहीं रह पाता था।

छोटी कक्षाओं से ही वह क्लास का टॉपर था। जब हम चौथी कक्षा में थे उस वक्त एक बाल पत्रिका में उसकी कविता छपी थी। पूरे स्कूल में उसका सम्मान तो अब और भी बढ़ गया था। उस दिन क्लास में जो भी टीचर आता उससे खड़े होने को कहता और पूरी क्लास उसके सम्मान में तालियाँ बजाती।

जब पाँचवीं कक्षा का रिजल्ट आया तो हर बार की तरह उसका कक्षा में पहला स्थान था। पर मेरे एक विषय में पासिंग मार्क्स भी नहीं आए थे। उस दिन जब रिजल्ट लेकर घर पहुँचा तो पापा ने घर सर पर उठा लिया। बहुत गालियाँ पड़ी, दो-चार तमाचे भी जड़ दिए। पापा ने अगले दिन शशांक को घर पर बुला लिया, उसकी खूब खातिरदारी की। मेरे सामने उसकी तारीफों के बहुत कसीदे पढ़े। पापा ने उससे आग्रह किया कि हम दोनों साथ मिलकर पढ़ाई करें जिससे

मेरा भी कुछ भला हो सके। उसने तो खुशी-खुशी हाँ कर दी थी।

ऐसा नहीं था कि उसके साथ पढ़ने से पहले मैं अच्छे से पढ़ता नहीं था। दरअसल मैं बहुत कोशिश करता पर मुझ पर पढ़ाई का इतना दबाव था कि मैं कितना भी पढ़ लूँ पापा को तो यही लगता था कि मैं सही से पढ़ नहीं रहा।

मैं बहुत डिमोटिवेट फील करता था। पढ़ने का आधे से ज्यादा टाइम तो पापा के डर में गुजरता था कि उनके कमरे में आने पर किताब खुली हो और मेरी नजरें उस पर टिकी भी हों। पढ़ने से ज्यादा मेरी कोशिश पापा को इस अवस्था में मिलने की रहती थी नहीं तो उनकी डाँट ऐसी थी कि सपने तक में मेरा पीछा नहीं छोड़ती।

जब पापा की इच्छा पर मैं पहली बार उसके घर पढ़ने पहुँचा तो मेरे मन में उसकी जो झाँकी थी वह चीख रही थी कि देखना वह पढ़ता हुआ मिलेगा पर वह शशांक शर्मा तो एक ओर की दीवार के सहारे टेबल टेनिस खेल रहा था।

हम लोग पढ़ने बैठे तो वह कुछ ही मिनटों में समझ गया कि मेरा ध्यान हर सेकेंड के साथ किताबों की जगह कहीं और जा रहा है, जैसे कि यहाँ आकर पढ़ना तो बस पापा की तसल्ली के लिए है। तब उसने मुझे एक मूलमंत्र दिया, उसने कहा कि जब पढ़ने बैठो तब ध्यान सिर्फ पढ़ाई पर ही रखना चाहिए और अगर किसी दूसरे काम में मन जा रहा है तो पहले वह खत्म किया जाए और फिर इत्मीनान से पढ़ना चाहिए।

मुझे जो भी समझ नहीं आता वह बड़े प्यार से समझाता। एक ही चीज को कई-कई तरह से समझाता, जिससे मेरे दिमाग में वे चीजें एकदम सेट हो जातीं और सब कुछ हूबहू मैं पेपर में उतार आता। उसके साथ पढ़ते वक्त मैं अक्सर यही सोचा करता कि काश मेरा दिमाग भी उसके जैसा होता या फिर ऐसा ही हो जाता कि मैं उसकी जगह हो जाऊँ और वह मेरी जगह। वह समझे और मैं उसे समझाऊँ। लेकिन मैं तो उसकी तरह दरियादिल नहीं था। मैं तो जरूर उससे भाव खाता, उसके बार-बार पूछने पर ही मैं उसे कुछ समझाता।

मैं रोज उसके यहाँ पढ़ने जाने लगा था। हम लोग अक्सर पढ़ाई के बीच में थोड़ी देर का ब्रेक लेते। तब वह शतरंज उठा लाता। उसने ही मुझे शतरंज खेलना सिखाया। हर दिन ही हमारे बीच शतरंज की बाजियाँ होतीं। शतरंज में हार-जीत का रिकॉर्ड एक कॉपी पर लिख दिया जाता था। वह पंद्रह बार जीतता तब जाकर

कहीं मेरे हिस्से तीन-चार बाजियाँ लगतीं।

ऐसे ही साथ पढ़ते, साथ-साथ स्कूल जाते हुए समय निकला और पेपर आ गए। रिजल्ट आया तो शशांक नाइंटी फाइव परसेंटेज के साथ कक्षा में फिर से प्रथम था। वह खुश था और मैं उससे भी ज्यादा खुश। छठवीं कक्षा में मेरी एट्टी सिक्स परसेंटेज बनी थी, इससे पहले तो कभी अस्सी प्रतिशत नंबर भी नहीं पाए थे।

रास्ते भर ये सोचते हुए घर गया कि आज तो पीठ थथपाई जाएगी, कॉलोनी में मिठाइयाँ बाटी जाएँगी। पर ऐसा तो छोड़ो इसके आस-पास का भी कुछ नहीं हुआ। बल्कि मुझसे तो ये कह दिया गया कि जब तक मैं शर्मा जी के लड़के से ज्यादा नंबर लेकर नहीं आऊँगा तब तक मेरा लोहा नहीं माना जाएगा। पापा की यह बात उतनी गलत भी नहीं थी। पूरी कॉलोनी में हर कोई ही शशांक को बधाई देने में लगा था और जहाँ भी कोई कॉलोनी वाला मुझे देख लेता मुझे शशांक की तरह मेहनत करने की सलाह देने में नहीं चूकता।

मैं इस सबसे बहुत आहत हुआ। रिजल्ट के बाद से मैंने उसके साथ पढ़ाई करना छोड़ दिया। घर पर ही दिन-दिन रात-रात भर मैं पढ़ाई करने लगा इस उम्मीद में कि कैसे भी करके बस उससे आगे निकल जाऊँ। सिर्फ एक ही लक्ष्य के साथ मैं पूरा समय कॉपी-किताबों के पन्ने पलटते हुए बिता देता। जीने का कोई उद्‌देश्य अब मेरे लिए शेष नहीं था। मैं इतना अनुशासित और इतना फॉर्मल हो गया जैसे कि चलती फिरती कोई मशीन ही हो जो हर सवाल का बस हाँ या न मैं जवाब देती। हँसने या रोने जैसे मानवीय व्यवहार तक मुझमें नहीं दिखते। स्कूल जाने और आने के अलावा घर से बाहर कदम तक नहीं रखता। पापा इस सब से बड़े खुश रहते। वे भी सोच रहे थे कि जो मैं एड़ी-चोटी का इतना जोर लगा रहा हूँ उससे तो शर्मा जी के लड़के को पछाड़ ही डालूँगा।

लेकिन जब रिजल्ट आया तो सारी उम्मीदों पर पानी फिर गया। खुद के मशीनीकरण के बावजूद सातवीं कक्षा के रिजल्ट में मेरा कक्षा में दूसरा स्थान था। इस रिजल्ट के बाद मैंने खुद में एक परिवर्तन महसूस किया। अब उस पहले स्थान पर आए शर्मा जी के लड़के से मैं जलने लगा था, इतना कि मैंने एक-दो बार उसे साथ लिए बिना ही स्कूल जाने की कोशिश की। पर वह मेरे घर ही आकर मुझे बुलाने लगा। फिर मैं भी कब तक दूरी बना के रख पाता। हमारी

दोस्ती बनी रही।

जब हम आठवीं कक्षा में थे तब एक बार सोशल साइंस के टीचर ने क्लास में सरप्राइज टेस्ट ले लिया। ऐसे चैप्टरों से प्रश्न पूछे जो क्लास में पढ़ाए भी नहीं गए थे। उस टेस्ट में पूरी क्लास फैल हो गई थी सिवाय एक के। सिवाय उस शर्मा जी के लड़के के। इसका भी एक कारण था वह किसी चीज को रटने से ज्यादा विश्लेषण करके पढ़ने पर जोर देता था। जिससे किसी विषय के संदर्भ में उसकी व्यापक समझ बन जाती थी।

उन दिनों कक्षा में हम लोग ने अस्सी प्रतिशत से ऊपर लाने वाले बच्चों का एक ग्रुप बना लिया था। जिसमें शर्मा जी के लड़के को छोड़कर क्लास के छह-सात बच्चे शामिल थे। मैंने महसूस किया कि वे भी उस शशांक से उतना ही चिढ़ते थे जितना कि मैं। मैं रेस्ट के समय उन्हीं के साथ बैठकर लंच करने लगा। हम लोग बातों-बातों में कभी-कभार उसकी बुराई भी कर डालते। लेकिन शशांक कक्षा के बीच का यह समय चुहलबाजी में नहीं लगाता, वह तो अमूमन स्टूडेंट्स से घिरा होता। उनकी समस्याएँ सुलझा रहा होता।

जब हम नवीं कक्षा में आए तो उसने एक प्रतिष्ठित अंग्रेजी न्यूज पेपर पढ़ना शुरू कर दिया। अक्सर वह रास्ते में मुझे दुनिया भर की घटनाओं के बारे में बताया करता। कैसे अमेरिका और रूस की विचारधारा की लड़ाई की वजह से अफगानिस्तान में तालिबान पनपा और आज हर आए दिन ही वहाँ बमों का तांडव होता रहता है। नार्थ कोरिया और साउथ कोरिया का किस्सा भी कुछ इसी तरह का था। इजराइल-फिलिस्तीन में 'हमास' की क्या भूमिका है और भी इसी तरह की खबरें।

क्लास में जब भी कभी टीचर के जाने के बाद ऐसे विषयों पर चर्चा होती, मैं उसके द्वारा बताई गई कोई बात रख देता। मेरे ऐसा करने पर वह मेरी तरफ देखकर मुस्कुरा देता जैसे उसे इससे रत्ती भर भी आपत्ति न हो। मैं हैरान होकर सोचता कि उसे आखिर एक बार को तो यह बोलना चाहिए कि जो मैं इतनी शेखी बघार रहा हूँ ये सब उसने ही मुझे बताया है, पर वह तो उल्टा मुस्कुरा रहा होता। अगर मैं उसकी जगह होता तो क्या यह भेद नहीं खोलता कि इसके द्वारा जो होशियारी दिखाई जा रही है वह कुछ देर पहले रास्ते में मैंने ही बताया था ?

दसवीं की बोर्ड परीक्षा का रिजल्ट आया तो इस बार शर्मा जी के लड़के ने

पूरे प्रदेश में टॉप किया था। न्यूज पेपरों से लेकर न्यूज चैनलों पर उसका ही नाम छाया हुआ था। स्कूल वालों ने न केवल शहर में बल्कि आस-पास के गाँवों में भी हर जगह उसके पोस्टर चिपका दिए थे। पूरे हफ्ते तक कॉलोनी में उसके घर पर बधाइयाँ देने वालों का जमावड़ा लगा रहता था। मेरे पापा तो खुद महँगी घड़ी और गुलदस्ते के साथ उसे बधाई देने पहुँचे थे। उसके लिए घड़ी-गुलदस्ते पर मेरे लिए डाँट-फटकार, गुस्सा, यही था उनके पास।

बदकिस्मती से उन्हीं दिनों मम्मी-पापा की शादी को बीस साल पूरे हुए। और इस उपलक्ष्य में घर पर एक पार्टी का आयोजन था। बुआ-फूफा, मामा-मामी, ताऊ-ताई, पापा और मम्मी के दोस्त लोग सब पधारे हुए थे।

सोसाइटी के गेट पर ही पूरे प्रदेश में शर्मा जी के लड़के के पहले स्थान का पोस्टर चिपका था। मेरी तो उस दिन जैसे शामत ही आ गई थी। तो क्या हुआ कि मेरे नंबर उससे महज चार परसेंट ही कम थे। किसी की जुबान से मेरी तारीफ में एक शब्द तक नहीं निकला। हर कोई ही पार्टी में उस शर्मा जी के लड़के को घेरे हुए था। मानो कोई सुपरस्टार ही आज हमारे यहाँ चला आया हो। वह उस दिन एक ऐसी फिल्म का हीरो था जिस फिल्म में मुझे साइड एक्टर का रोल देना भी मुनासिब नहीं समझा गया था।

उस दिन मेरी आँखों में आँसू थे, और उन आँसुओं से भी ज्यादा था गुस्सा। अपने रिश्तेदारों पर, इस गला काट प्रतियोगिता वाले समाज पर, हर बार की तरह मेरी उपेक्षा करने वाले पापा पर। लेकिन सबसे ज्यादा गुस्सा था उस शर्मा जी के लड़के पर। मैं उस रात को सोसाइटी के गेट तक टहलने गया, मेरी नजर उस पोस्टर पर पड़ी जिसमें उसकी वही मुस्कान थी, वही जो दिल को छू लेती थी। आज भी वह मुस्कान मेरे दिल को छू गई थी पर आज उस छू लेने में गुस्सा था, अपनी हार की तड़प थी। मैंने सबसे आँखें बचाकर वह पोस्टर नीचे फेंक दिया और लातों से उसे तब तक घिसटता रहा जब तक उस पर छपे शर्मा जी के लड़के का चेहरा विरूपित नहीं हो गया। अब कैसे मुस्कुराएगा, साला... वही तीन-चार गालियाँ।

पापा की इच्छा थी मैं इंजीनियर बनूँ। इंजीनियरिंग के लिए सारे अभिभावकों का ऑल टाइम फेवरेट डेस्टिनेशन है- राजस्थान का कोटा शहर। मुझे भी पापा ने

वहीं भेजने का निर्णय लिया। 'तुझे इंजीनियरिंग की तैयारी के लिए कोटा जाना है। पैकिंग कर ले।' इस लहजे में असहमत होने की कोई गुंजाइश थी नहीं। लिहाजा मैंने भी सिर हिलाकर अपनी स्वीकृति दे दी थी।

रामेश्वर शर्मा भी अपने बेटे को कोटा भेजने के इच्छुक थे। लेकिन शशांक ने जाने से मना कर दिया। उसका सोचना था कि इंजीनियरिंग की पढ़ाई इंटरनेट के सहारे घर बैठे भी की जा सकती है और मैथ के लिए तो उसके पसंदीदा टीचर ने खुद बोल रखा था कि जब भी कोई जरूरत हो आ जाना घर, हम मिलकर ये जंग जीतेंगे। शहर के उस मैथ टीचर की योग्यता कोटा की किसी रेपुटेड कोचिंग में मैथ पढ़ाने वाले से कम नहीं थी। बॉर्डर रोड ऑर्गेनाइजेशन में सिविल इंजीनियर के पद से वे तीन साल पहले ही रिटायर हुए थे। अब ग्यारहवीं और बारहवीं के छात्रों को गणित पढ़ाते थे। और कुछ टेलेंटेड स्टूडेंट्स को AIEEE-JEE के एग्जाम में भी मदद किया करते थे।

शशांक का मानना यह भी था कि उसके पापा दान-धर्म में ही अपनी सैलरी का अधिकांश भाग लगा देते हैं और घर के खर्चों के बाद मुश्किल से ही कुछ सेविंग्स बैंक में जा पाती है। आजकल स्वास्थ्य और अन्य आकस्मिक खर्चों को देखते हुए उतनी सेविंग्स होना जरूरी भी है। कोटा जाने जैसा निर्णय घर की आर्थिक स्थिति को डगमगा देता।

जब मैं कोटा के लिए निकला तो शशांक मुझे स्टेशन तक छोड़ने आया। जाते वक्त उसने गले लगाकर मेरे आने वाले सफर के लिए शुभकामनाएँ दीं और मुझे समझाया भी कि नये माहौल में मुझे वहाँ हर तरह के लोग मिलेंगे, बुरे लोगों की संगत से मुझे बचना होगा तभी पढ़ाई हो पाएगी। कुछ ही मिनटों बाद कोटा शहर की ओर मेरी रवानगी हो गई।

कोटा में मुझे एक हफ्ता हो गया था। मैं कोचिंग के हर लेक्चर को ध्यान से सुनता। घर जाकर होमवर्क निष्ठा से पूरा करता। इन सबके बीच पापा की आवाज भी कानों में गूँजती रहती। उन्होंने मुझे यहाँ आते वक्त सख्त हिदायत दी थी कि IIT से कम कुछ भी बर्दाश्त नहीं किया जाएगा।

मेरा सब कुछ ठीक रहता अगर वह लड़का मेरे फ्लोर से नीचे वाले फ्लोर पर रहने नहीं आता। मैं कोटा में नया था, अकेला था। उससे दोस्ती होना स्वाभाविक ही था। शुरू-शुरू में तो वह बड़ा ही अच्छा प्रतीत हुआ पर जब

दोस्ती गहरी हुई तो मुझे पता चला कि वह सिगरेट पीता है। मैंने गौर किया कि जब भी मैं नीचे कुछ सामान लेने जाता तो वह अक्सर बालकनी में सिगरेट के छल्ले बनाते हुए नीचे से गुजर रही लड़कियों को ताड़ा करता। अक्सर उन पर कमेंट भी किया करता।

संतोष भी मेरी तरह ही एक बिजनेसमैन का लड़का था। पढ़ने में उतना अच्छा न होने के बावजूद 'अपना लड़का भी कोटा में IIT की प्रिपरेशन कर रहा है', यह कहकर समाज वालों के सामने अपनी धाक जमाने के लिए उसे यहाँ भेज दिया गया था। वह कोचिंग भी जाता तो पढ़ने नहीं सिर्फ आवारागर्दी करने के इरादे से ही। उसने तो वहाँ एक जिम भी ज्वॉइन कर ली थी। हर शाम को दो घंटे वह वहीं बिताता।

महीना भर ही बीता था कि संतोष की एक गर्लफ्रेंड भी बन गई, जिसका फर्स्ट फ्लोर पर आना-जाना होने लगा। मैं भी वहाँ अकेला महसूस करता था इसलिए उनके साथ हो लेता था। रात को अक्सर हम तीनों उसके रूम पर पार्टी करने लगे। वह लोग बियर पीते और मैं चखने के साथ कोल्ड ड्रिंक गटक लेता।

संतोष की गर्लफ्रेंड ने मुझे एक दिन बताया कि उसकी किसी फ्रेंड का हाल ही में ब्रेकअप हुआ है, अगर मैं चाहूँ तो वह उससे बात कर सकती है। पर मुझे खुद पर संदेह था। न तो मेरा रंग शशांक की तरह दूध की सफेदी लिए हुए था और न ही मेरे नये दोस्त की तरह मेरी बॉडी ही इतनी प्रभावशाली थी। और फिर पढ़ाई का भी वहाँ इतना प्रेशर था। मैंने उससे मना करना ही ठीक समझा।

धीरे-धीरे समय बीता और कोचिंग में चैप्टर आगे बढ़े तो वे मेरे सर के ऊपर से जाने लगे। चार-पाँच सौ लोगों के बैच में कुछ पूछने की मेरी हिम्मत नहीं होती। मैं अनमने ढंग से बस टाइम निकालने के लिए क्लास में बैठा रहता। मैं अक्सर सोचा करता कि काश यहाँ शशांक आया होता, वह मुझे बिठाकर सब समझा दिया करता। कितना सरल और स्पष्ट था वह!

पर मैंने तो उन दिनों शशांक का फोन तक उठाना बंद कर दिया था। मुझे डर लगता कि अगर वह पढ़ाई के बारे में कुछ पूछेगा तो उसे क्या जवाब दूँगा? वह तो तुरंत भाँप लेगा कि मैं कितने पानी में हूँ।

दिन बीतते गए और जैसे-जैसे पढ़ाई का बोझ बढ़ता गया, मैं पढ़ाई से दूर होता गया। कोचिंग के टेस्ट में मेरी रैंक लगातार गिरती गई। मेरे मन में अजीब-

अजीब से डरावने खयाल आने लगे। मुझे भरोसा हो गया कि मेरी मिट्टी IIT निकालने वाली मिट्टी है ही नहीं।

कोचिंग में कुल बीस बैच थे। मैंने पाँचवें से शुरू किया था और इस बार के रिजल्ट आते-आते मैं सत्रहवें बैच तक आ गया था। इस बार सीधे छह बैचों की गिरावट हुई थी। मेरा दिल बैठ गया था। उस रात कोचिंग से आकर रात भर रो ही रहा था कि कमरे में आहट हुई। संतोष दरवाजा नॉक कर रहा था।

वह अंदर आया तो उसके हाथ में बीयर की बॉटल थी। उस रात पहली बार मेरे शरीर में एल्कोहल पहुँचा। मैं उत्तेजना से भर गया। मैंने संतोष के फोन से उसकी गर्लफ्रेंड को कॉल किया और बोल दिया कि वह बात कर ले अपनी फ्रेंड से मैं अब और अकेला नहीं रह सकता।

सुबह हुई तो सबसे ऊपर की छत के एक गमले से ऐलोवेरा ले आया उसे छीलकर अपने चहेरे पर घिसना शुरू किया। कुछ दिनों में ही एलोवेरा के असर से मेरे चेहरे पर थोड़ी चमक तो आ गई थी।

उसकी वह फ्रेंड जिससे मेरे बारे में बात की गई थी, उसके ब्रेकअप को एक महीना भी नहीं हुआ होगा और वह काफी डेस्परेट थी रिलेशनशिप में आने के लिए। उसने तो पहली बार में ही मेरे लिए हाँ कर दी थी। उसका नाम स्नेहा था और मुझे इस अजनबी शहर में स्नेह की ही सबसे ज्यादा दरकार थी।

हम चारों कोटा की सड़कों पर घूमा करते। पापा से बोलकर मैंने एक स्कूटी भी ले ली थी। नाम पढ़ाई का लगाया था, पापा भी भला क्यों मना करते। संतोष के पास पहले से ही एक बाइक थी। हम लोगों ने कोटा की कोई भी ऐसी जगह नहीं छोड़ी जहाँ घूमने जाया जा सकता था- सेवन वंडर्स, किशोर सागर तालाब, गणेश उद्यान, कोटा बैराज। ये ऐसी ही कुछ जगहें थीं जो स्टूडेंट्स के बीच लोकप्रिय डेस्टिनेशन थीं।

हम लोग हर सैटरडे-संडे दिनभर घूमा करते और रात को बियर पार्टी होती। कभी-कभी तो इस चक्कर में कोचिंग भी मिस हो जाती थी।

एक दिन फेसबुक स्क्रोल करते वक्त मैंने देखा कि शर्मा जी के लड़के के प्रोफाइल पेज पर बधाई के मैसेजों की बाढ़-सी आई हुई है, लड़का स्टेट लेवल चेस चैंपियनशिप में जीत गया था। अब वह एक स्टेट चेस मास्टर था। उस दिन मैंने उसका नंबर डायल किया, पर रिंग जाने से पहले ही फोन काट दिया।

मेरे मन में आया कि जरूर फिर से उसके घर बधाइयाँ देने वालों का ताँता लगा होगा। पापा भी उसके लिए कोई गिफ्ट लेकर हर्ष प्रकट करने गए होंगे। सोसाइटी वाले तो उसकी तारीफों के पुल बाँध रहे होंगे और कॉलोनी के बच्चों को उसके जैसा होनहार बनने की सीख भी दी जा रही होगी। क्या कॉलोनी के मेन गेट पर कोई पोस्टर भी लगा होगा ? जिस पर लगी उसकी फोटो वैसे ही मुस्कुरा रही होगी। मैं अंदर तक जल गया। मन तो किया कि फिर से मिटा दूँ उस पोस्टर को। उस हृदय को छलनी कर देने वाली मुस्कान को। पर कैसे ? मैं तो उस शहर से कोसों दूर था। मैं जलकर राख हो गया और मैंने स्नेहा को कॉल किया। उसकी आवाज जले पर मरहम जैसी मालूम हुई।

एक साल बाद जब हम दोनों ही बारहवीं में थे मैं फेसबुक की अपनी फीड चेक कर रहा था। मैंने देखा कि एक फोटो में व्हॉइट ड्रेस पहने कुछ लड़के शर्मा जी के लड़के को उठाए हुए थे और उसके एक हाथ में ट्रॉफी थी। फोटो पर कैप्शन था 'हमारे कैप्टन की तीस गेंदों पर तेरासी रनों की यादगार मैच विनिंग पारी'। इस मैच के साथ ही वे शहर के स्कूलों के बीच हुए एक क्रिकेट टूर्नामेंट का फाइनल जीत गए थे।

उस दिन मैंने दिमाग पर जोर दिए बिना ही उसे कॉल कर लिया। उसने मुझे मैच का टर्निंग पॉइंट बताते हुए कहा कि दूसरी पारी में विपक्षी टीम का एक प्लेयर बीस गेंद पर पचास रन बनाकर खेल रहा था। टीम के हर गेंदबाज की उसने जमकर धुनाई की थी। खुद शशांक को ही वह तीन छक्के जड़ चुका था। फिर उसने एक रणनीति बनाई। छोटे कद के उस खिलाड़ी के लिए ऑफ साइड की बाउंडरी के बिलकुल करीब एक फील्डर तैनात कर दिया, उसने ऑफ स्टम्प के थोड़ी बाहर एक धीमी गति की शार्ट गेंद फेंकी, उस खिलाड़ी ने ललचाकर बल्ला दे मारा और बाउंड्री के ठीक पहले कैच आउट हुआ। मैंने उसे जीत पर बधाई दी और इससे पहले कि वह पढ़ाई के बारे में पूछता मैंने यह कहकर कॉल डिस्कनेक्ट कर दिया- 'भाई रखता हूँ पढ़ने जाना है।'

कमोबेश कोटा में सब कुछ पिछले साल जैसा ही चलता रहा। आखिरकार बारहवीं की परीक्षा हुई। और AIEEE का पेपर भी हुआ जो आजकल के पैटर्न के हिसाब से JEE मेंस है। जिस बार हमने परीक्षा दी वह CBSE द्वारा कंडक्ट कराया गया इंजीनियरिंग के उस पैटर्न का आखिरी बैच था। AIEEE का पेपर

देकर मैं घर आ गया था।

इसके बाद जो हुआ उसे मैं 'द ग्रेट ट्रेजडी ऑफ माय लाइफ' द्वारा संबोधित करता हूँ। AIEEE के पेपर में मेरे बहुत कम मार्क्स थे इतने कम कि NIT तो दूर की बात है कोई अच्छा स्टेट गवर्मेंट कॉलेज भी मेरे नसीब में न आता। रिजल्ट तो पापा के सामने ही देखा था। पापा बहुत नाराज थे फिर भी उन्होंने ज्यादा गुस्सा नहीं दिखाया और कुछ ही मिनटों में मुझे पता चल गया कि ऐसे रिजल्ट के बाद भी वे मुझ पर क्यों नहीं झल्लाए।

दरअसल पापा एक झूठ में मेरा साथ चाहते थे। मुझे सबसे कहना था कि मैंने AIEEE का कट ऑफ क्लियर कर लिया है और एक महीने बाद होने वाली IIT-JEE की परीक्षा के लिए क्वालिफाई भी कर लिया है। अगर ऐसा न किया जाए तो समाज में हमारी कितनी बदनामी होगी कि कोटा जाने के बावजूद मेरे इतने भयावह मार्क्स कैसे। इतने कम नंबरों के साथ रिश्तेदारों को तो मुँह तक दिखाना दूभर हो गया था।

मैं पापा की बात पर विचार कर ही रहा था कि शर्मा जी के लड़के का कॉल आ गया। उसका AIEEE का एग्जाम क्लियर हो गया था। जब उसने मुझसे पूछा तो मैंने भी बोल ही दिया कि मैं भी अगले महीने होने वाला IIT-JEE का पेपर दूँगा। मैं उसका रिजल्ट सुनकर शॉक्ड था। घर पर ही तैयारी करके भी वह उस मुकाम पर था जहाँ मैं दो साल इंजीनियरिंग के हब कोटा में रहकर भी नहीं पहुँच पाया था। लेकिन वह तो मेरा रिजल्ट सुनकर और ज्यादा उत्साहित हो गया था, जैसे उसकी खुशी दोगुनी हो गई हो।

यहाँ हम लोग ने मार्क्स स्टेटमेंट का जो ऑनलाइन प्रिंट निकाला था उस पर कुछ एडिटिंग करा दी थी, जिससे सबको विश्वास हो गया कि मैं भी शर्मा जी के लड़के की ही तरह अच्छे नंबर लेकर आया हूँ। अब लोगों की तारीफ में दो नाम थे शशांक के साथ मेरा नाम भी सम्मान से लिया जा रहा था।

पर मेरी ये खुशी ज्यादा देर तक नहीं ठहर सकी। एक नया चोर पहली बार चोरी करने जाए तो कोई-न-कोई सबूत तो छोड़ ही आता है, यही गलती मुझसे भी हो गई। मार्कशीट में जो मेरा सही रोल नंबर था वह तो मैं बदलना भूल ही गया था।

क्लास के पुराने दोस्तों को हम दोनों ही मिलकर पार्टी दे रहे थे। मैंने अपनी

मार्कशीट दिखाई तो उनमें से एक लड़के ने मेरा रोल नंबर रट लिया, डेट ऑफ बर्थ उसे पहले ही पता थी। घर जाकर उसने मेरा रिजल्ट निकाल लिया और कुछ ही समय में मेरा ये कांड पूरे शहर में होने वाली चर्चाओं का हॉट टॉपिक बन गया था।

मैं और मेरा परिवार तो अब किसी से नजरें मिलाने के काबिल भी नहीं रहे। जिसे देखो वही फोन करके मुझसे मजे लेने में लगा था कि और भाई IIT की तैयारी कैसी चल रही है...। कुछ लड़के तो यहाँ तक कह डालते कि चिंता मत करो तुम्हारे लिए सरकार नया IIT खुलवा रही है। मैं बस मन मारकर रह जाता।

इसकी वजह से मुझे अपनी सोशल लाइफ पूरी तरह से खत्म करनी पड़ गई। मैंने अपना फोन नंबर भी बदल लिया। घर की चार दीवारी ही मेरी पूरी दुनिया हो गई। पापा भी अब शाम को सोसाइटी के पार्क में घूमने नहीं निकलते।

इतना सब हो जाने के बाद जब पूरी दुनिया ही मेरा मजाक बनाने में लगी थी, वह शर्मा जी का लड़का मुझे घर आकर दिलासा दिया करता कि अगर मैं मेहनत करूँगा तो किसी भी कॉलेज से पढ़कर अच्छा मुकाम हासिल कर सकता हूँ। पर मैं तो उन दिनों एक तरह से खत्म ही हो चुका था। पेपर नहीं निकला, ऊपर से ये शर्मिंदगी।

मैं तो इतना डिप्रेशन में जा चुका था कि कई बार सुसाइड तक करने का खयाल मेरे जेहन में आया। वो तो अच्छा है कि ज्यादातर खुदकुशी का सोचने वाले उसे अंजाम देने की जुर्रत नहीं कर पाते, वरना पता नहीं दुनिया की आबादी कितनी कम हो चुकी होती।

बहरहाल पापा ने काफी पैसा लगाकर मुझे एक रेपुटेड प्राइवेट कॉलेज में एडमिशन दिलवा दिया। दूसरी ओर शर्मा जी के लड़के को उन दिनों के सबसे डिमांडिंग IIT खड़गपुर में एडमिशन मिल गया था।

बारहवीं में पहली बार शर्मा जी के लड़के की नाइंटी परसेंट से नीचे बनी थी, जो इस बात की गवाही दे रही थी कि IIT के जुनून की वजह से वह बारहवीं की परीक्षा पर ज्यादा ध्यान नहीं दे पाया था।

इसके बाद से तो कॉलेज टाइम में उसके अलग-अलग टैलेंट बाहर आते हुए दिखाई दिए। जिनकी जानकारी मुझे फेसबुक से मिलती थी। उसने एक वीडियो पोस्ट किया जब सेकेंड ईयर में नये बैच की फ्रेशर पार्टी के दौरान गिटार बजाते

हुए गाना गाया था। इतना अच्छा कि उसे हजारों लाइक और सैकड़ों शेयर मिल चुके थे। कमेंट में कुछ लोग तो उसे खुद का यूट्यूब चैनल बनाकर सिंगिंग में आगे बढ़ने की सलाह दिए जा रहे थे। आए दिन ही उसके अखबारों में आर्टिकल छपते जिसमें टेक्नोलॉजी से लेकर वैश्विक मुद्दों तक की विविधता होती। कई हिंदी मैगजीनों में उसकी कविताएँ भी छपती रहती थीं, जिन्हें वह उस समय लोकप्रिय हो रहे फोटो शेयरिंग प्लेटफॉर्म इंस्टाग्राम पर डाला करता था।

दूसरी ओर मैं था। मेरा जीवन तो पूरी तरह नीरस हो चुका था। जो मैं था वह मैं रह नहीं पाया और जिस शर्मा जी के लड़के की तरह बनने चला था वह कभी बन नहीं पाया। पहले तो एक आस ही रहती थी उसे पीछे छोड़ देने की, उससे आगे निकलने की। पर अब तो मैं रेस का मैदान छोड़ चुका था। मैं तो बस किसी तरह डिग्री कंप्लीट होने का इंतजार कर रहा था। दिन-रात अजीब से सन्नाटे में गुजरते। रात को जैसे पूरा माहौल शांत रहता है, कॉलेज के चार साल मैं उतना ही शांत रहा। क्लास के लड़कों ने तो मेरा नाम भी रख दिया था- साया। मेरी उपस्थिति तो होती पर साये की तरह। मुझसे कोई आवाज नहीं आती।

कॉलेज के चार साल बीते। दोनों को ही जॉब मिल गई थी। मेरी जॉब अंडमान में थी और सालाना पैकेज महज पाँच लाख का था। शर्मा जी के लड़के को सिंगापुर में एक मल्टीनेशनल कंपनी में जॉब मिली थी। भारतीय मुद्रा में उसकी सेलरी तीस लाख के करीब थी।

लेकिन वह इतने पर भी कहाँ रुकने वाला था। डेढ़ साल जॉब करने के बाद वह दिल्ली चला आया। भारत की सबसे प्रतिष्ठित परीक्षा की तैयारी करने। यूपीएससी की तैयारी करने।

एक साल बाद अपने पहले ही अटेम्प्ट में प्री और मेंस एक के बाद एक क्लियर किए। और इंटरव्यू से कुछ समय पहले अपने घर आ गया। इन सब परीक्षाओं का रिजल्ट आने पर बधाई देने की औपचारिकता निभाने के लिए उसे मैं एक फोन जरूर कर दिया करता था।

उन्हीं दिनों मैंने अंडमान वाली जॉब छोड़ दी थी क्योंकि पूना की एक कंपनी में मैंने जो इंटरव्यू दिया था उसमें मेरा सिलेक्शन हो गया था। ज्वॉइनिंग से पहले मैं कुछ दिनों के लिए घर आ गया था।

पंद्रह दिन बाद शशांक का यूपीएससी का इंटरव्यू था और वह दो दिन में

दिल्ली के लिए निकलने वाला था।

उसके मामा के लड़के की शादी में मम्मी-पापा गए हुए थे। उस दिन वह घर पर अकेला था।

उस दिन मैं बालकनी में खड़ा हुआ था तभी मैंने देखा कि साधु की तरह वेश रखे हुए एक आदमी शशांक के घर के बाहर खड़ा है और उससे कुछ कह रहा है। वे दोनों जैसे ही अंदर की ओर जा रहे थे तभी मेरी नजर साधु के छोटे से झोले पर पड़ी। ऊपर से देखने पर साफ पता चल रहा था कि उसमें एक पिस्टल रखी हुई है। मैं समझ गया कि अब उस घर में क्या होने जा रहा है।

मैं घबराकर पापा के कमरे में गया। पापा तो काम से बाहर गए हुए थे। आनन-फानन मैं मैंने उनकी अलमारी से एक रिवॉल्वर निकाली उसमें कुछ गोलियाँ भरी और नीचे चल दिया।

जैसे ही मैं उसके घर पहुँचा मैंने देखा कि शशांक के हाथ में पानी का गिलास है और वह साधु की तरह दिखने वाला आदमी उस पर बंदूक ताने हुए घर के गहने-जेवर, पैसों के बारे में पूछ रहा है।

शशांक उसे समझा रहा है कि मेरे घर में रोज कोई-न-कोई साधु आता है, अगर वह इस तरह चोरी करके जाएगा तो उन बेचारे जरूरतमंद साधुओं की कोई मदद नहीं करेगा। बल्कि सब हम लोगों का उदाहरण देंगे कि उनकी तरह दान-धर्म करोगे तो किसी दिन ऐसे ही कोई लूट लेगा। और तुम तो अच्छे खासे शरीर वाले हो, इस बंदूक को बेचकर मेहनत करो, उसमें जो सुकून मिलेगा वह इस तरह चोरी-चकारी में कहाँ रखा है।

मैंने देखा कि एक आदमी उस पर बंदूक का निशाना साधे हुए खड़ा है पर उसके चेहरे पर तो डर का कोई भाव ही नहीं है। हर बार की ही तरह वह बिलकुल सामान्य था और बड़े धैर्यपूर्वक उसे समझा रहा था। जैसे ही उसने मुझे देखा उसके चेहरे पर मैंने वही हल्की मुस्कान देखी। जो पोस्टरों पर छपती थी। जो दिल को भेद देती थी। जो मेरे दिमाग को सुन्न कर देती थी। जिसे देखकर मैं पोस्टर फाड़ देता था। लातों से पोस्टर पर छपे हुए उसके मुँह को बार-बार रगड़ता था। ऐसा करते हुए उस शर्मा जी के लड़के को कितनी ही गालियाँ बकता था। उस एक पल को मुझे न जाने क्या हुआ, मैंने एक गोली उसके सीने में उतार दी।

उसके बाद दो और गोली चलाई जो उस बंदूक पकड़े साधु वेशधारी आदमी के सीने के आरपार हो गई। मेरे हाथ से रिवाल्वर नीचे गिर पड़ी, मैं पूरी तरह से शून्य हो गया। चोर का काम मौके पर ही तमाम हो चुका था।

शशांक की धड़कनें चल रही थीं। मैंने तुरंत कार निकाली और उसे हॉस्पिटल में एडमिट कराया। उसके पापा को कॉल किया और उन्हें जो बताया वह था "मैंने बालकनी से देखा वो साधु के वेश में... जब मैं आपके घर पहुँचा चोर ने शशांक को गोली मार दी थी, और इससे पहले कि वह मुड़कर मुझे मारता मैंने उसके सीने में गोलियाँ उतार दीं।"

उसके मम्मी-पापा जल्दी ही आ गए। रोती हुई आँखों के साथ उन्होंने मेरा शुक्रिया अदा किया कि मैं शशांक को हॉस्पिटल ले आया और उस चोर को भी मार दिया जो उसे ज्यादा नुकसान पहुँचा सकता था। हर किसी ने मेरी बात पर भरोसा कर लिया। पुलिस को भी मुझ पर शक करने की कोई वजह नहीं दिखाई दी। लिहाजा जब बंदूकधारी चोर आया था तो गोली चोर ही चलाता। मेरी और उसकी लड़ाई तो कभी हुई ही नहीं थी जो कोई मेरे बारे में कल्पना भी करता।

आज इस घटना को चार दिन हुए हैं, वह बेचारा वेंटिलेटर पर है। बचने की आस अभी भी बहुत कम दिखाई देती है। उसने हमेशा मुझे आगे बढ़ाने का सोचा, मेरी हर संभव मदद की और मैंने उसके साथ...।

पिछले चार दिनों में मैं इस पूरी घटना को जो अभी आपको सुनाई है, मन-ही-मन चार हजार बार दोहरा चुका हूँ। मेरा मस्तिष्क अब ये अपराध और नहीं झेल सकता। बार-बार उसका मासूम-सा चेहरा मेरे सामने आकर पूछता है मेरा कसूर क्या था? मैं तो दो दिन में इंटरव्यू देने जाने वाला था। पहले इंटरव्यू होता फिर सिलेक्शन होता इसके बाद पोस्टर छपते, उन पर वही मुस्कान होती। मेरी दुश्मनी उससे तो थी ही नहीं... बस इस मुस्कान से थी जो बार-बार मुझे याद दिलाती मेरे बचपन की, जिसमें हर बार मैं उससे हारता था। शतरंज में, क्लास के रिजल्ट में। फोन पर जब सुना था कि उसका इंट्रेंस एग्जाम निकल गया है, यही एक वजह रही जो मैंने झूठ बोला कि उसके बराबरी में मेरा नाम भी लिया जाए। मेरी हर असफलता को जीभ चिढ़ाती थी उसकी वह मुस्कान!

आप सभी इस वीडियो को ज्यादा-से-ज्यादा शेयर करना ताकि मेरी तरह और लड़के किसी शर्मा जी के लड़के की तरह बनने के चक्कर में खुद को न

खो दें। जिसके जैसे बनने का प्रेशर अस्सी से ऊपर परसेंटेज लाने वाले हर बच्चे को ही होता है। बच्चे पर माँ-बाप का प्रेशर और माँ-बाप पर समाज का।

कभी जो समाज हमने बनाया था आज वह समाज हमें बनाने की कोशिश करता है। हमें डराता है, धमकाता है, हमारा बचपन निगल जाता है, हमें मशीन बना देता है। और इतने पर भी अगर जो वह चाहता है हममें से कोई वैसा नहीं बन पाता तो उसका वही हाल होता है जो मेरा होने जा रहा है।

मेरे पास और कोई विकल्प भी तो नहीं है। बहुत मुमकिन है कि वह शर्मा जी का लड़का न बचे। उसकी हत्या का इल्जाम लेकर मैं कैसे जी सकता हूँ? और अगर बच भी गया तो शायद ही वह मुझे माफ करे। क्या मैं तब भी जिंदा रह पाऊँगा जब वह उठकर मुझे उसी मुस्कुराहट के साथ माफ कर देगा?

(वीडियो सक्सेसफुली अपलोडेड ऑन यूट्यूब)

(स्टूल गिरने की आवाज)

दो भाई

अमावस्या की रात को किसे कैंपिंग करने की सूझती है ? वह भी इस तरह के जंगली इलाके में। जंगली जानवरों की हर आवाज के साथ मेरी तो रूह काँप उठती है। ऊपर से नवंबर के अंतिम दिनों का जाड़ा। सामने लकड़ियों का ढेर जल रहा है उसके चारों ओर घेरा डालकर हम राइटर लोग बैठे हुए हैं। मेरा तो कतई मन नहीं था यहाँ आने का, पर शुभी जी का इतना विनम्र आग्रह भला मैं कैसे ठुकरा सकता था ? मुझे क्या खबर थी कि इन लोग को नयी चुहल सूझेगी कि इस भयावह अमावस की काली रात को और ज्यादा डरावना बनाना है, वह भी भूत-प्रेत वाली कहानियाँ सुनाकर।

मंडली के सभी लोग कमोबेश कोई-न-कोई भूत वाली कहानी लिख चुके थे। पर मेरा मन इन कहानियों को लिखने में जरा भी न लगता। अंधविश्वासों को बढ़ावा देने जैसी किसी भी बात का मैं लेशमात्र भी समर्थन नहीं करता।

लेकिन भूत-प्रेत की दिल दहला देने वाली कहानियाँ सुनाने का आइडिया भी तो शुभी जी का है। उन्हें मना करूँगा तो रूठ जाएँगी और अभी जो थोड़ा-बहुत भाव मिलता है न, उससे भी पत्ता साफ हो जाएगा।

वह वहाँ किसी भी कीमत पर नहीं जाना चाहता था। पर अब उसके पास जैसे कोई चारा ही नहीं बचा था।

उस तांत्रिक की बात में कितनी सच्चाई थी उसे नहीं पता था और न ही उसके पास ऐसा कोई प्रमाण ही था जिससे ज्ञात हो सके कि पहले कभी ऐसा हुआ भी है या नहीं। लेकिन वह करता भी क्या ? उस एक भाई के अलावा उसका कोई था भी तो नहीं।

उसके बड़े भाई ने ही उसे पाला था। उस पर जब भी कोई मुसीबत आती उसका बड़ा भाई चट्टान की तरह हर विपत्ति का रास्ता रोककर खड़ा हो जाता। बड़े भाई की छत्रछाया ने उसे माँ-बाप के प्रेम की कमी कभी महसूस नहीं होने दी थी और आज वही भाई उसे हमेशा के लिए छोड़कर जा चुका था। कम-से-कम वैद्य-हकीमों का तो यही मानना था।

उसने काफी देर तक हर पहलू पर विचार किया फिर अपने भाई के शरीर को अपने कंधे पर लाद लिया और एक हाथ में कुल्हाड़ी लेकर वह उसी खौफनाक जंगल की ओर बढ़ चला, जिसके बारे में उसने सुन रखा था कि वहाँ कई शापित आत्माएँ रहतीं हैं। जो बहुत खूँखार हैं, खासतौर पर रात में जंगल जाने वाले का सर धड़ से अलग कर उसका खून पी जाती हैं।

पूर्णिमा की रात थी। पूरा जंगल चाँद की दूधिया रौशनी में डूबा हुआ था। सामने खड़े कुछ उजड़े हुए पेड़ों पर पड़ते प्रकाश से जो दृश्य उभर रहा था वह तो ऐसा था कि जिसे देखकर किसी हॉरर मूवी का डायरेक्टर भी दाँतों तले उँगलियाँ दबा ले।

भेड़ियों और लकड़बग्घों की कर्कश आवाजों से एक पल को तो वह सहम गया। पर अगले ही पल उसे कंधे पर लदे अपने भाई का खयाल आया। उसने आँखें मूँद लीं और धीमी आवाज में कोई मंत्र-सा बड़बड़ाया। फिर धीमे-धीमे उसी जंगल की ओर अपने कदम बढ़ा दिए।

वह एक के बाद एक कदम आगे की ओर बढ़ा रहा था। आगे बढ़ने के साथ जंगल घना और घना होता जा रहा था। जमीन पर पड़े सूखे पत्तों पर पड़ते उसके पैर चर्र-चर्र कर रहे थे। सुनसान से उस जंगल में उसके पैरों की आहट बहुत ही वीभत्स लग रही थी।

वह बढ़ ही रहा था कि बाईं तरफ से उसके कानों में सरसराहट-सी हुई। उसने तेजी से उस ओर चेहरा घुमाया। लेकिन उसे वहाँ कोई दिखाई नहीं दिया। पर उसने क्षण के एक अंश में कुछ तो देखा था वहाँ।

उसने अपने हाथ में कुल्हाड़ी तलाशी और उसे कसकर पकड़ लिया। अब उसने अपने कदम तेज कर दिए।

वह दोहराने लगा था मन में कि जब इलाके के वैद्य-हकीमों ने उसके भाई के बचने की किसी भी उम्मीद से पल्ला झाड़ लिया था तो वह भाई को लेकर

एक तांत्रिक के पास गया था। जो मुर्दों को जिंदा करने का दावा करता था। उस बाबा के गले में बकरे के मुंड का हार लटक रहा था, जिसकी आँखें गायब थीं। गौर से देखने पर उसने पाया कि बाबा की आँखें किसी बकरे की आँखों की तरह आयताकार हैं जिससे वह अपने पीछे का दृश्य भी देख पा रहा था।

जब वह तांत्रिक के कदमों में गिरकर रोने लगा था तो उसने उसे एक नामुकिन-सा लगने वाला उपाय बताया था।

उस खौफनाक जंगल के बीचों-बीच एक खाली जगह है जहाँ कोई भी पेड़-पौधा या झाड़ी नहीं है। उस गोल-सी जगह के चारों ओर जंगल है पर वह जगह है एक दम निरावरण।

उस गोल जगह जो मिट्टी है उसमें जादुई शक्ति है। ऐसी जादुई शक्ति जो मुर्दों को जिला सकती है।

पूर्णिमा की रात उस मिट्टी में दो फिट का गड्ढा खोदकर उसे अपने भाई को गाड़कर आना था और सुबह होते ही उसका भाई जिंदा होकर जंगल से वापस घर आ जाता।

जाते वक्त उस खतरनाक दिखने वाले तांत्रिक ने उसे साफ चेतावनी दी थी कि अगर किसी भी शापित आत्मा ने उसे पकड़ लिया तो वह जिंदा नहीं बच पाएगा।

सुनसान से जंगल में भयभीत वह लड़का तेजी से बढ़ता जा रहा था कि अचानक वह किसी पत्थर से ठोकर खाकर गिर गया। जैसे ही वह गिरा उसने देखा कि उसके चारों ओर बहुत ही घृणित और विक्षिप्त कर देने वाली आत्माएँ भटक रही हैं।

किसी का एक हाथ टूटा है तो किसी का पैर गायब है। कुछ की गर्दन पर ऐसे हरे नीले निशान पड़े हैं मानो किसी ने गला दबाकर मारा हो।

रूह कँपा देने वाली हँसी के साथ दस-पंद्रह आत्माओं ने उसे घेर लिया जो लग रहा था कि अपने शरीर के ही साथ वहाँ मौजूद थीं। हर एक के दाँत खून से भिड़े हुए थे और कपड़ों पर भी खून की लालिमा पुती हुई थी।

"आजा मेरे पास आजा राजा बेटा। तुझ जैसा हृष्ट पुष्ट बच्चा खाए तो अरसा बीत गया। ये जंगल बदनाम क्या हुआ तुम कम्बख्त इंसानों ने यहाँ आना

ही छोड़ दिया।"

भयानक आवाजों में वह आत्माएँ उसे अपनी ओर आने का इशारा कर रही थीं। उसके भाई का मुर्दा शरीर जो उसे ठोकर लगने से गिर पड़ा था उसकी तरफ उनकी दिलचस्पी बिलकुल नहीं थी। उन्हें तो जिंदा खाना सामने दिख रहा था जिसकी वे शौकीन थीं।

उसने अपनी कुल्हाड़ी से उसकी ओर बढ़ती दो भयानक आत्माओं को भगाया जो जुड़वा दिख रही थीं और जिनके हाथ और पैर की हड्डियाँ टूटी हुई थीं जैसे किसी ऊँची इमारत से गिरी हों।

जैसे ही रात के बारह बजे वह सारी खूँखार आत्माएँ जो एक के बाद एक उसकी ओर बढ़ रहीं थीं अचानक से कहीं गायब हो गईं। 'बाबा ने सही कहा था ठीक बारह बजे वे आत्माएँ बहुत थोड़े समय के लिए चली जाएँगी क्योंकि उन्हें शाप है जिसकी वजह से बारह बजे उनकी सारी शक्तियाँ क्षीण हो जाती हैं।' उसने बाबा की बात याद करते हुए सोचा।

उसने जल्दी से भाई को उठाया और अंदर जंगल की ओर दौड़ पड़ा। अब जंगल का वह गोल हिस्सा थोड़ी ही दूर था। कुछ ही मिनट चला होगा कि वह सारी डरावनी आत्माएँ उसकी ओर फिर से बढ़ने लगीं। अपने सामने अब उसे वह जंगल का जादुई गोल भाग दिखने लगा था।

उसने जब पीछे की ओर पलटकर आत्माओं को देखा तो उसमें उसे एक औरत की आँखें बिलकुल अपने भाई जैसी लगीं। उसे देखकर उसके मुँह से निकल पड़ा- 'माँ'।

पर उस आत्मा के रौद्र रूप में कोई बदलाव नहीं हुआ बल्कि वह तो और तेजी से दूसरी आत्माओं को पछाड़कर आगे की ओर आ गई और बोलने लगी, "बड़े दिन बाद भूख मिटेगी, तुझे जिंदा खा जाऊँगी।"

वह दौड़ पड़ा और जैसे ही उस औरत ने लड़के की ओर हाथ बढ़ाया वह उस पेड़-पौधों के आवरण से रहित गोल घेरे में पहुँच चुका था।

जहाँ उसे पहुँचता देख सारी आत्माएँ वापस लौट गईं। एक पल को उसे लगा कि जिस आत्मा को उसने माँ समझा वह उसे पकड़ सकती थी पर जान-बूझकर ही उसने उसे इस पवित्र मिट्टी तक पहुँचने दिया।

जल्दी दौड़ने के चक्कर में कुल्हाड़ी तो पीछे छूट चुकी थी वह सोच में पड़

गया कि गड्ढा कैसे खोदा जाए? उसकी नजर पास पड़े नुकीले पत्थर पर पड़ी जिसकी मदद से उसने जल्द ही गड्ढा खोद लिया।

उसने जेब में हाथ डालकर एक घड़ी निकाली, समय देखा तो साढ़े बारह बज चुके थे। तांत्रिक के बताए अनुसार ये काम उसे एक बजे से पहले ही करना था अन्यथा कोई फल नहीं मिलता।

उसने अपने भाई के शरीर को उस गड्ढे में रखकर ऊपर से मिट्टी डाल दी।

कुछ पल वहाँ बैठकर सोच ही रहा था कि यहाँ आत्माएँ नहीं आ सकती तो रात इसी गोल घेरे में बिता दी जाए पर उसे याद आया, तांत्रिक बाबा ने बोला था कि शक्तियाँ तभी काम करेंगी जब वह वहाँ से चला जाएगा। वरना फिर उसके भाई को कभी भी जिंदा नहीं किया जा सकेगा।

यह विचार कर वह डरते हुए उसी घने वृक्षों से ढँके रास्ते की तरफ बढ़ जाता है जहाँ से वह आया था।

सुबह हो चुकी थी, जादुई मिट्टी ने अपना करिश्मा कर दिया था। ठीक सात बजे बड़ा भाई उठा तो उसने खुद को एक गड्ढे में पाया। उसके ऊपर जो मिट्टी डाली गई थी वह अपना काम करके गायब हो चुकी थी।

गड्ढे से बाहर निकलकर वह याद करने की कोशिश करने लगा कि उसे आखिर हुआ क्या था? उसे याद आया कि उस दिन जंगल से लकड़ी काटकर वापस जाने में दोनों भाइयों को देर हो गई थी, शाम के सात बजे के आस-पास का समय हो गया था और किसी भी समय जंगल में आत्माओं की रोंगटे खड़ी कर देने वाली आवाजें गूँजने वाली थीं।

दोनों भाई तेजी से लकड़ियों का गट्ठर टाँगे जंगल से बाहर निकल रहे थे तभी अचानक उन्होंने देखा कि एक भेड़िया उनके पीछे पड़ गया है। वह लकड़ियाँ फेंककर और तेजी से दौड़ने लगे। दौड़ते-दौड़ते वह जंगल से तो बाहर आ गए पर भेड़िया अभी भी उनके पीछे था।

वह भाग ही रहे थे कि छोटे भाई का पैर दौड़ते वक्त एक पत्थर से टकरा गया और वह लुढ़ककर गिर पड़ा। भेड़िया जैसे ही छोटे भाई तक पहुँचने वाला था तभी बड़ा भाई दौड़कर गया और अकेला ही उस जंगली भेड़िए से भिड़ गया।

उसने छोटे भाई को भाग जाने का इशारा किया। और वह खुद खून से

लथपथ हो गया। बेहोश होते वक्त उसे इतना याद है कि दोनों भाइयों की चीख पुकार सुनकर गाँव वाले वहाँ पहुँच गए थे।

उसके बाद वह इस गड्ढे में कैसे आया? यह तो उसके लिए रहस्य ही था।

वह इस उत्साह में जंगल से घर की ओर बढ़ चला कि घर पर छोटे भाई को दिखाएगा कि उसके वह सारे निशान पता नहीं कहाँ चले गए जो भेड़िए से लड़ते वक्त उसके दाँतों और पंजों से उसके शरीर पर बन गए थे।

उसका दर्द भी गायब था और वह एकदम तरोताजा महसूस कर रहा था मानो आज उसका पुनर्जन्म ही हो गया हो। आखिर यह सब हुआ कैसे और वह यहाँ इस रहस्यमयी गड्ढे में कैसे पहुँचा यह सोचकर वह बहुत उतावला हो गया कि छोटे को बताएगा। छोटा कितना खुश होगा जब उसे पता चलेगा कि उसका बड़ा भाई एकदम ठीक हो गया है।

घर के दरवाजे पर पहुँचकर वह खुशी से चिल्लाया- "छोटे... छोटे...।"

आवाज न मिलने पर थोड़ा घबराकर दोबारा आवाज देता है- "छोटे... छोटे... देख तेरा बड़ा भाई बिलकुल ठीक हो गया है...।"

पर इस बार भी कोई उत्तर नहीं मिलता। अब वह घबराने लगता है।

अंदर जाकर उसने चारों ओर नजरें घुमाईं लेकिन छोटा भाई उसे कहीं नहीं दिखा।

हताश होकर वह बाहर अपने छोटे भाई को ढूँढ़ने जा ही रहा होता है तभी उसकी नजर पड़ती है एक टेबल पर जहाँ उसे एक लेटर दिखता है जिसके ऊपर एक पेन रखा था।

"भैया अगर आप उस जादुई मिट्टी के चमत्कार से ठीक होकर जंगल से यहाँ घर आ जाओ तो शायद मैं आपको नहीं मिलूँ। आपने उस दिन मेरी जिंदगी बचाने के लिए खुद की जान की परवाह नहीं की और उस जंगली भेड़िए से भिड़ गए। आज जब सब कह रहे हैं कि आप जा चुके हैं मुझे एक आशा की किरण दिखाई दी है वह भी उसी खौफनाक शापित जंगल में। और यह उपाय तभी काम करेगा जब मैं आपको लेकर वहाँ रात को बारह बजे पहुँचूँगा। आप को लग रहा होगा कि मुझे वहाँ नहीं जाना चाहिए था पर आप ही बताइए जैसे आपने अपने छोटे की जान बचाने के लिए खुद की जिंदगी उस भेड़िए के हवाले कर दी थी, आज आपके जीवन की रक्षा के लिए आपके इस छोटे को अपनी जान दाँव पर

लगाने से बचना चाहिए था क्या?"

"आगे क्या हुआ?" कहानी सुनने के बाद शुभी जी ने बड़ी रोचकता से पूछा। राइटर मंडली के अन्य सदस्यों के जिज्ञासु भाव वाले चहरे भी मुझे ही देख रहे थे।

"क्या हुआ, मतलब? अरे शुभी जी कहानी तो बस यहाँ तक ही थी।"

"ओह! फिर उस छोटे भाई का क्या हुआ ये तो आपने छोड़ ही दिया?"

"हाँ शुभी जी की बात एकदम सही है, ये कहानी अधूरी है।" वहाँ उपस्थित अन्य लेखकों ने भी प्रश्न खड़े किए।

"हाँ शायद आप यह कहानी सुन रहे हैं इसलिए वह बात आपसे मिस हो गई। पर अगर आप इसे लिखित रूप में पढ़ेंगे जहाँ आपके पास वापस पेज पलटने का विकल्प होगा। आप कहानी के रहस्य को समझ जाएँगे। वैसे भी यह कहानी शीघ्र ही प्रकाशित रूप में आप सभी के समक्ष होगी कृपया तब तक का इंतजार कीजिए।"

शतरंज के घोड़े

"तुम्हें क्या लगता है वे दोनों मान जाएँगे हमें नौकरी पर रखने के लिए?" अपनी अधखुली आँखों से अभय की ओर देखते हुए रुद्र ने कहा।

"मानेंगे कैसे नहीं हमारे पास ऑफर ही ऐसा है। इस इतने बड़े ऑफर के लिए बस छोटी-सी ही तो शर्त है, वही नौकरी जो कुछ महीने पहले हमारी थी। और जिस तरह से मैंने उन्हें इस रहस्यमयी ऑफर के बारे में बताया था वे दोनों काफी उत्सुक लग रहे थे। तुम बस कल सुबह दस बजे तैयार रहना, कल संडे भी है।"

अपना आखिरी पैग खत्म करके 'बारशाला' से दोनों फ्लैट की ओर चल दिए।

कुछ महीने पहले

"अब तो ये जिंदगी बोझ-सी लगने लगी है।" अभय ने बेबसी दिखाते हुए अपने गिलास से एक घूँट पीकर कहा।

हर वीकेंड की शाम की तरह ही आज भी दोनों दोस्त 'बारशाला' बार में एक टेबल पर एक-दूसरे की ओर चेहरा करके बैठे हुए थे। ये बारशाला बार उनका सबसे पसंदीदा बार था। या फिर यूँ कहा जाए कि इस बार के अलावा शायद ही पिछले दो-तीन सालों में वे दोनों किसी और बार में मिले हों।

अभय और रुद्र हर वीकेंड बारशाला में अपनी-अपनी की हुई कमाई के बारे में बात करते हुए ठहाका मारा करते थे और अक्सर एक-दूसरे को बताते थे कि कैसे हाई क्लास कस्टमर ब्रांडेड चीजों के चक्कर में कितना भी पैसा फेंकने को

तैयार हो जाते हैं। पर आज वह दिल को अजीज लगने वाली ये बातें करने के मूड में बिलकुल नहीं थे।

"पर आखिर हम कर ही क्या सकते हैं ये फैसला तो सरकार का है। भारत में अब घोड़ों की रेस बंद हो चुकी है अच्छा होगा अब तुम भी ये समझ ही जाओ।" रुद्र के स्वर में नशे के साथ हताशा झलक रही थी।

"किसी भी सरकार द्वारा लिया गया फैसला उस देश की सीमाओं तक ही सीमित रहता है दोस्त, दुनिया में और देश भी तो हैं जहाँ ये अब भी कानूनी तरीके से चल रहा है।" अभय ने बातचीत का सिलसिला जारी रखा।

चार साल से अभय और रुद्र दोनों दोस्त हैं। दोनों की उम्र भी चौबीस-पच्चीस साल की है और करीब-करीब चार साल से ही दोनों चाँदनी चौक की सबसे बड़े कपड़े की दुकानों में शामिल दो दुकानों पर मैनेजर हैं। जिस दुकान में रुद्र काम करता है उसी दुकान से तीन-चार शॉप छोड़कर अभय वाली दुकान आती है।

उन्हें पैंतीस-चालीस हजार के आस-पास सैलरी मिलती थी, साथ ही समय-समय पर बोनस और कभी-कभी कुछ कस्टमर्स को इनिशिएट करने पर कमीशन भी मिल जाता था। इस तरह वे महीने के पचास-साठ हजार कमा लेते थे। शादियों के सीजन में ये कमाई और बढ़ जाती थी।

इन कपड़े की दुकानों के ओनर भी बहुत अच्छे दोस्त हैं जो कि एक बड़ी वजह है दोनों की दोस्ती की।

दुकानों पर काम से पहले तो घोड़े की रेस जैसा कुछ दोनों के जीवन में आया ही नहीं था पर दुकानों के मालिक इन रेसों पर पैसा लगाने के शौकीन थे।

गुड़गाँव में इसी तरह का एक हॉर्स ट्रेक था जहाँ दशकों से हॉर्स बेटिंग होती आ रही थी। ये हॉर्स रेस वीकेंड पर ही होती थी। जिसका समय सुबह दस बजे के आस-पास था।

दोनों अपने शॉप ओनरों के साथ वहाँ हर संडे जाते थे। शुरू-शुरू में तो उन्हें ये वक्त की बर्बादी लगती और यह भी कि ये तो अमीरों के चोचले हैं। पर जब दो-तीन महीने बीते उन्हें भी इसमें रस आने लगा था।

जैसे-जैसे समय बीता दोनों ही मालिकों के विश्वासपात्र होते गए। एक साल के करीब हुआ होगा कि तब से दोनों ही अपने-अपने शॉप ओनरों की तरफ से

पैसों का व्यवहार करने लगे।

मालिकों को जितने पैसे रेस में किसी घोड़े पर लगाने होते वे यथास्थिति रुद्र अथवा अभय से बोल देते। ये हर संडे का खेल था, ये कभी हार तो कभी जीत का खेल था।

समय के साथ अभय और रुद्र को भी घोड़ों की रेस का अच्छा अनुभव होता गया। अब अक्सर घोड़ों पर पैसे लगाने से पहले शॉप ओनर्स उनसे भी यथास्थिति सलाह करने लगे।

कई बार उन लोगों ने अपने-अपने शॉप ओनर्स को हजारों रुपये जिताए थे, जिसके लिए उन्हें इनाम भी मिलता था। पर उन्हें तो पैसों से ज्यादा ये रेस पसंद थी। ये छलांगे मारते घोड़े पसंद थे। वे बेचारे घोड़े जिन्हें खबर भी नहीं होती कि उनके एक-एक सेकेंड पर लाखों लाख रुपये दाँव पर लगे होते हैं।

घोड़े की रेस के साथ हर संडे एक और खेल होता था, ये खेल था शतरंज का। दोनों शॉप ओनर्स का मानना था कि शतरंज से दिमाग तेज होता है, और यह तेज दिमाग घोड़ों की रेस के नजरिये से उपयोगी भी था। चारों लोग मिलकर बाजी पर बाजी खेलते और आपस में खूब ठिठोली करते जिससे उनके संबंध भी प्रगाढ़ होते गए।

अभय और रुद्र हर शनिवार बारशाला आते। एक-एक घूँट के साथ अगली सुबह को लेकर अपनी-अपनी रणनीतियों पर बातें करते। रुद्र कहता कि कल का दाँव देखना रॉकी ही जीतेगा तो अभय खीझकर गिलास मुँह से हटाते हुए चीख पड़ता, देख लेना तुम कल का दिन तो शिम्बा के नाम रहेगा।

उनकी बातों में जब-जब घोड़े का और उनकी रेस का जिक्र आता उन्हें ऐसा लगता मानो उनका नशा दोगुना हो गया है। उनके जाम की मादकता दो गुनी बढ़ जाती।

उन्हें बियर से ज्यादा घोड़े की लत लग चुकी थी। उनके लिए तो वीकेंड का मतलब ही एक तरह से शनिवार शाम बारशाला और अगले दिन सुबह दस बजे गुड़गाँव का रेसिंग ट्रैक होता।

"और भी देश हैं ? क्या मतलब है तुम्हारा। और देशों में ये सब बंद भी होता तो चलता पर यहाँ ये नयी सरकार इसे कानूनी बनाए रखती काश!" रुद्र ने बेमन से एक और घूँट गले में उतार लिया।

“आई एम सीरियस। हम यूरोप जा सकते हैं। वहाँ तो घोड़ों के इतने रेसिंग ट्रैक हैं कि हर हफ्ते भी दो-तीन जाओगे तो महीनों लग जाएँगे पूरे रेसिंग ट्रैक में दाँव खेलने में।” अभय की बात भले ही नशे वाली लग रही हो पर आज नशे से वह दूर ही था।

“अगर ऐसी बात है तो मैं भी तैयार हूँ पर कहाँ चलेंगे? और जानते हो वीजा कैसे मिलेगा वहाँ का? मेरे पास तो पासपोर्ट भी नहीं है। कभी सोचा ही नहीं था भारत के बाहर भी जाना पड़ सकता है। वह भी अभी इस तरह से।”

“अपनी जो भी सेविंग्स है उसके साथ तैयार रहो। मेरे पहचान में एक-दो लोग हैं जो नॉमिनल फीस पर अपनी जाने की सारी व्यवस्था कर देंगे। हम इंग्लैंड चलते हैं, वहाँ हॉर्स रेसिंग के ट्रैक बहुत हैं और इन गोरों ने राज भी तो किया था हम पर, उसका हिसाब भी तो चुकता करना बाकी है।” अभय ने आँख मारते हुए कहा।

---

25 दिन बाद

बारशाला में दोनों ने नशे में रहते हुए जो फैसला लिया था वो साकार हो चुका था। दोनों इग्लैंड की सरजमीं पर पहुँच चुके थे। रुद्र को ब्रिटेन के लोगों का अंग्रेजी एक्सेंट समझने में दिक्कत हो रही थी पर अभय इसका आदी था। शायद इसके पीछे का कारण उसका हॉलीवुड से लेकर ब्रिटिश फिल्में देखना रहा होगा। ब्रिटिश मूवी सीरीज हैरी पॉटर का तो वह बड़ा फैन था।

लेकिन यहाँ तक आने के चरणों में उनकी सेविंग्स का एक बड़ा हिस्सा खर्च हो चुका था।

अब वह कोई आलीशान होटल या इस तरह की रहने की व्यवस्था करने में खर्चा नहीं कर सकते थे। उन्होंने रहने के संभावित विकल्पों पर नजर मारते हुए एक घर चुना जो कि एक भारतीय मूल के परिवार का था। उन दोनों ने निर्णय किया कि वे एक ही कमरे में एडजस्ट हो जाएँगे। कमरे में ही एक छोटी-सी किचन भी बनी हुई थी और अटैच्ड टॉयलेट भी।

लंदन में नियम था कि एक ही कमरा दो बेचलरों को रेंट पर नहीं दिया जा सकता। जिसकी जानकारी वे इन कमरों की तलाशी के दौरान ले चुके थे। उन्होंने

घर के ओनर से कहा अभी हम दोनों कुछ ही दिन के लिए रहेंगे और हममें से कोई एक जल्दी ही नयी जगह देख लेगा।

सुबह होते ही वे दोनों सबसे पहले कैंपटन पार्क रेसकोर्स का रुख करते हैं, जहाँ उन्हें पता चलता है कि हॉर्स बेटिंग में लगने वाला सबसे छोटा दाँव भी बहुत बड़ा है। और वहाँ घोड़ों की रेस पर दाँव लगाने वाली सभी जगहों का यही हाल है। अगर उनकी जेब पर नजर डाली जाए तो ऐसे दो दाँव से ज्यादा वे बिना जीते नहीं खेल सकते थे। अभी तक तो वे अपने शॉप ओनर्स की तरफ से खेलते थे, उन्हें सलाह देते थे, उनके कहने पर उन्हीं के पैसे लगाते थे। पर अब दोनों पहली बार खुद के पैसे लगाने जा रहे थे। लिहाजा वे दो बाजियों का रिस्क नहीं उठा सकते थे।

उन्होंने सोचा कि यहाँ उन्हें कुछ काम करना चाहिए जिससे वे हॉर्स बेटिंग में ज्यादा से ज्यादा दाँव खेलने लायक कमाई कर लें। पर क्या काम मिल सकता है? उन्हें कुछ न सूझा। दोनों यहाँ ऐसे किसी को जानते भी तो नहीं थे जो उन्हें काम दिला सकता। रात को वे ये सोचकर निराशा से सो गए कि कल बाहर जाकर पता लगाएँगे।

अगले दिन सुबह-सुबह न्यूज पेपर को तलाशते वक्त उनकी नजर एक एडवर्टाइजमेंट पर पड़ी। जिसने ओझल होते घोड़ों की रेस पर दाँव लगाने के सपने को फिर से जीवंत कर दिया।

इश्तिहार था कि लंदन की किसी अंग्रेज फैमिली को एक योगा टीचर की जरूरत है। ये पढ़कर रुद्र की आँखें चमक उठीं थी कि आखिर जो वह रोज सुबह बाबा रामदेव के योग वाले वीडियो देखते हुए प्राणायाम-व्यायाम करता था आज यहाँ लंदन में उसके पैसा कमाने का जरिया बन सकता है।

रुद्र बचपन से ही गाँव के माहौल में पला-बढ़ा था उसका शरीर बाहर से जितना मजबूत था अंदर से उतना ही लचीला। जिसका कारण था शुरू से कसरत-व्यायाम की ओर उसका रुझान। आज इसका प्रतिफल उसे मिलने वाला था। उसने जल्दी ही उस परिवार से संपर्क किया और दो दिन के बाद की अपॉइंटमेंट फिक्स कर ली।

अगले दिन रात में अभय को अपने ट्विटर अकाउंट को स्क्रोल करते वक्त ऐसा कुछ दिखा जिसने उसकी हताशा में आशा की रेखा खींच दी।

इंग्लैंड की क्रिकेट टीम से हाल ही में रिटायर हुए एक खिलाड़ी को हिंदी सीखने के लिए एक टीचर की आवश्यकता थी। ये वही क्रिकेटर था जिसे पिछले आईपीएल में एक मैच के दौरान दिल्ली के कोटला स्टेडियम में उसने खेलते हुए देखा था। जब वही क्रिकेटर बाउंड्री पर फील्डिंग करने आया था तो उसका नाम चिल्लाने वाले दर्शकों की तमाम आवाजों में एक आवाज अभय की भी थी। उसी दिन स्टेडियम से घर जाकर उसने सबसे पहला काम जो किया था वह इस खिलाड़ी को ट्विटर पर फॉलो करना था।

इंग्लैंड टीम के इस पूर्व खिलाड़ी का पसंदीदा शॉट रिवर्स स्वीप था और भारतीय मीडिया में वह उस दिन काफी सुर्खियों में रहा था जब भारत-इंग्लैंड के एक मैच के दौरान भारतीय टीम के एक स्पिनर से उसकी तीखी नोंक-झोंक हो गई थी।

बरहाल कुछ ही महीनों में आईपीएल का अगला सीजन था जिसमें यह खिलाड़ी शामिल होने वाला था। पिछले आईपीएल में उसे लगातार प्रतिद्वंदी खिलाड़ियों ने स्लेज* किया था वह भी खासतौर पर हिंदी में। वह इससे बहुत परेशान था इसलिए इस बार उसने थोड़ी-बहुत हिंदी सीखकर इंडिया जाने का मन बना लिया था।

अभय ने जल्दी से उसकी पोस्ट पर कमेंट किया कि मैं लंदन में ही हूँ कुछ ही दिन पहले भारत से आया हूँ और मैं आपके काम आ सकता हूँ। साथ ही उसने एक डायरेक्ट मैसेज भी भेज दिया।

एक-दो दिन के अंतर से दोनों को ही उनके आने वाले काम के लिए इंटरव्यू का समय मिल चुका था।

रुद्र योगा क्लास के लिए एकदम परफेक्ट था और अभय का अंग्रेजी एक्सेंट सटीक था ही और हिंदी? वह तो लगभग समस्त उत्तर भारतीयों की ही मातृभाषा है।

कुछ ही दिनों में दोनों को नौकरी मिल चुकी थी और वे ज्वॉइन भी कर चुके थे। अब उनकी आय पौंड में थी। जो उनकी पिछली नौकरी की कमाई से बहुत ज्यादा थी, जो वे भारत में करते थे। वे इतना कमा लेना चाहते थे कि इत्मीनान से

---

* स्लेजिंग - किसी दूसरे खिलाड़ी को अपशब्द कहना

घोड़ों की दौड़ पर पैसा लगा सकें और उन्हें यह भी ध्यान रखना था कि उनको नौकरी पर रखने वालों का मंतव्य भी पूरा हो जाए। क्योंकि यहाँ उन पर भारतीय होने का टैग लगा था। उनका कोई भी अच्छा या गलत काम उनके देश की छवि को ही चिन्हित करता।

उन्होंने अपने वीजा को एक्सटेंड करने के लिए संबंधित अथॉरिटी को एप्लीकेशन दी। इस काम में उन्हें इंग्लैंड क्रिकेट टीम के पूर्व क्रिकेटर और हाल में ही हिंदी सीखने के लिए बने अभय के शिष्य के कॉन्टेक्ट्स की भी काफी मदद मिल गई थी।

कुछ दिन बाद अभय ने अपना सामान उस क्रिकेटर के पास की ही कॉलोनी में शिफ्ट कर लिया। रुद्र की योगा प्रैक्टिस करने वाली फैमली पास में ही थी लिहाजा वह उसी इंडियन फैमिली के यहाँ बना रहा।

हफ्ते के पाँच दिन दोनों काम करते और वीकेंड पर उनकी छुट्टी होती। यहाँ उन्होंने शनिवार की शाम निकालने के लिए बारशाला जैसा ही कोई बार देख लिया था, जहाँ उन्हें बियर के वे ही ब्रांड उपलब्ध थे जिनकी लत चाँदनी चौक के बार में लग चुकी थी। अंग्रेजी वाइन या इस तरह की किसी ड्रिंक से वह बचना ही चाह रहे थे। उन्हें पता था कि इनके अभ्यस्त न होने के कारण इनका असर ज्यादा होगा और यह भी कि वाइन में एल्कोहल बियर की तुलना में कहीं ज्यादा रहता है।

हफ्ते के पाँच दिनों तक काम और शनिवार शाम को बार में मिलना, ये उनके हर हफ्ते का रूटीन बन चुका था। बार से दोनों साथ में ही अपने में से किसी एक के निवास स्थान चले जाते। जहाँ रविवार की सुबह से उनका शतरंज का खेल जमता था। शतरंज का खेल जिसमें घोड़े थे वह भी चार। घोड़े से ये लगाव ही तो उन्हें अपने देश से इतनी दूर खींच लाया था।

रुद्र न सिर्फ अंग्रेज फैमिली को योगा सिखाता बल्कि उन्हें भारतीय संस्कृति में योग के महत्त्व के बारे में भी बताता, जो उसने गाँव के बड़े-बूढ़ों से सुन रखा था। कैसे योग न सिर्फ शारीरिक मजबूती पर बल देता है बल्कि लोगों की मानसिक और आध्यात्मिक उन्नति में भी सहायक होता है। इन बातों में अंग्रेजों का मन भी खूब लगता।

अभय भी उस क्रिकेटर को हिंदी सिखाने में रम चुका था। हर दिन के साथ

उसके स्टूडेंट की हिंदी में निखार आने लगा। उसकी खुशी का ठिकाना नहीं रहा जब एक रोज अपना ट्विटर चैक करते वक्त उसने अपने शिष्य का हिंदी में ट्वीट पढ़ा। जो नमस्ते से शुरू हुआ था। जिसकी लिखावट तो अंग्रेजी के रोमन अल्फाबेट में थी पर भाव हिंदी का था।

चार महीने बीते होंगे कि वह क्रिकेटर इतनी हिंदी समझने लगा था, जो इस बार के आईपीएल में उसके काम आती। कुछ ही दिन में आईपीएल भी शुरू होने वाला था और अब अभय का काम भी यहाँ से खत्म हो गया था।

लगभग इसी समय वह अंग्रेज परिवार भी योगा में इतना परिपक्व हो गया था कि अब बिना योगा टीचर के भी उनका यह रूटीन चलता रहे। रुद्र भी उनसे इजाजत माँगकर अपने मंतव्य की सार्थकता को लेकर खुश था।

दोनों दोस्तों के पास रहने-खाने और हर शनिवार को पीने में खर्चे के बाद भी पर्याप्त पौंड बचे हुए थे। जिससे आगे चलकर वे अपना ब्रिटेन आने का उद्देश्य पूरा करने वाले थे।

वे दोनों घोड़े की रेस देखने के लिए बेचैन हो उठे। इस बात की खुशी भी थी कि घोड़े की रेस पर जो पैसे वे अपने पुराने शॉप ओनरों की तरफ से लगाया करते थे, अब यह दाँव वे खुद लगाएँगे, वह भी अपने पैसों से।

जैसे ही दोनों अपने-अपने काम से फ्री हो गए उन्होंने एक साथ मिलकर इस पल को सेलिब्रेट करने का प्लान बनाया। वे दोनों अगले शनिवार की रात बार नहीं गए। उन्होंने वाइन शॉप की ओर रुख किया और ब्रिटेन की फेमस रेड वाइन की दो बोटल रख लीं।

वे आज नशे में सराबोर होना चाहते थे। आज उन्होंने अंग्रेजी वाइन न पीने की बंदिश को भी तोड़ने का निश्चय कर लिया था। अभय जिस बिल्डिंग में रहता था वे दोनों सीधे उसकी टैरिस पर जा पहुँचे। उन्होंने धीरे-धीरे वाइन के घूँट भरना शुरू किया। वाइन की कुछ ही मात्रा उनके शरीर में पहुँचने से वे मादकता से भर गए।

"यार अभय आज का ये जाम कल लगने वाली हमारी जिंदगी की पहली हॉर्स-बेट के नाम।"

"कल तो वही नजारा होगा जो महीनों पहले गुड़गाँव में हुआ करता था। वही घोड़े, वही छलाँगें। एक-एक सेकेंड में धड़कन का बढ़ना, साँसों का

थमना। आखिर तक सस्पेंस में उँगलियाँ मरोड़ना। कितना मिस किया था न इस सबको!"

"लेकिन तुम भी खूब जिगर वाले निकले भाई, उस दिन बारशाला में मैं तो हार मान बैठा था कि अब तो ये घोड़े सिर्फ टीवी चैनलों पर ही दिखाई देंगे। पर तुम यहाँ ले ही आए।" रुद्र ने अभय की तरफ हाथ जोड़कर झुकते हुए कहा।

"मुझे तो ये लग रहा है कि कब ये मनहूस रात बीते और कब हम वह आँखों को स्तब्ध कर देने वाला नजारा देख पाएँ।"

"काश ऐसा होता कि अभी इसी वक्त हम घोड़े पर दाँव लगा पाते। मेरा तो मन कर रहा है इसी वक्त अपनी यहाँ की सारी कमाई लगा दूँ किसी घोड़े पर।" नशा रुद्र की आँखों के साथ दिमाग पर भी चढ़ चुका था।

"लगा सकते हैं न इसी वक्त। वह भी चार-चार घोड़ों पर।" अभय के स्वर में धैर्य था पर वह स्वयं लड़खड़ा रहा था।

"कैसे?" रुद्र की आँखें फटी रह गईं।

"रुक, अभी आता हूँ।" यह कहते हुए अभय नीचे अपने कमरे की ओर बढ़ गया।

रुद्र ने सोचा कि उसे उल्टी आ रही होगी इसलिए अपने रूम की तरफ गया है। वह वहीं बैठकर तारों में कुछ देखने की कोशिश करने लगा। आसमान में तारों की लंबी टिमटिमाहट में वह अपनी पसंदीदा आकृति ढूँढ़ रहा था। वह अपने रेस के घोड़े ढूँढ़ रहा था।

कुछ ही देर में अभय आ गया था। उसके हाथ में शतरंज थी। जिसे उसने आश्वस्त निगाहों के साथ रुद्र की ओर बढ़ा दिया।

"ये है आज के घोड़ों का रेसिंग ट्रैक। इस पर दौड़ेंगे आज घोड़े। वह घोड़े जो किसी दूसरे की मर्जी से नहीं बल्कि हमारी इच्छा से चलेंगे।"

"भाई पागल है ये कोई शतरंज खेलने का वक्त लग रहा है तुझे। लगता है तुझे ये अंग्रेजी वाइन कुछ ज्यादा ही चढ़ गई है।" रुद्र ने झुँझलाते हुए कहा।

"नहीं रे! वहाँ भी घोड़ों की बाजी होती थी और यहाँ भी घोड़ों की ही बाजी होगी। जिसका घोड़ा पहले मर गया उसकी हार।" वाइन के नशे में भी शतरंज के खेल में अभय द्वारा प्रस्तावित यह अद्भुत बदलाव तारीफ के काबिल था।

रुद्र ने अभय को उन नजरों से देखा जिन सम्मान की नजरों से आज की

यह दुनिया अल्बर्ट आइंस्टीन और थॉमस एल्वा एडिसन जैसे वैज्ञानिकों की ओर देखती है।

इस महान सुझाव का दोनों ने कुछ देर तक तालियाँ पीटकर स्वागत किया। और फिर शतरंज की बिसात बिछा दी गई। दोनों ने टोकन के रूप में अपनी-अपनी वाइन की बोतल रख दी जिसके माध्यम से उन दोनों ने लंदन में पिछले चार महीनों में कमाई हुई अपनी पूरी पूँजी सांकेतिक तौर पर लगा दी थी। हालाँकि उनकी पूँजी में एक-डेढ़ हजार पौंड का अंतर था, पर किसी निष्ठावान जुआरी की तरह उन्होंने अपना सब कुछ लुटाने से परहेज नहीं किया। उस दिन वे दोनों ही धर्मराज युधिष्ठिर थे जो आज की इस बिसात में अपना सर्वस्व दाँव पर लगा चुके थे।

वह सर्वस्व था उनका एक सपना। घोड़े की रेस में पैसे लगाने का। जिसे पूरा करने के लिए दोनों इंग्लैंड आए, यहाँ मेहनत की और पौंड कमाए। उनके लिए एक अनजान देश में अपनी चार महीने की मेहनत की ये कमाई किसी इंद्रप्रस्थ से कम नहीं थी।

बरहाल खेल शुरू हुआ। अभय होस्ट था इसलिए रुद्र को सफेद रंग के मोहरे, सफेद रंग के घोड़े मिले और पहली चाल भी उसी की थी।

एक-एक करके दोनों दोस्त अपने-अपने प्यादे आगे बढ़ाते गए। प्यादों के बाद ऊँट, हाथी यहाँ तक कि वजीरों ने भी अपने स्थान बदल लिए पर घोड़े? वे तो टस से मस नहीं हो रहे थे।

घोड़े आज शहंशाह थे। आज के युद्ध में उनकी कीमत राजा के समान थी। आज उन्हें भी सारे वारों से बचाया जा रहा था।

अभय ने जैसे ही अपने वजीर से शह दी रुद्र द्वारा उसे बचाने के लिए राजा को ही खिसकाया गया। मजाल है कि उसे बचाने घोड़ा बीच में कूदा हो।

एक के बाद एक रुद्र की सेना के हाथी गए, ऊँट गए और कुछ देर बाद वजीर भी मारा गया। अब बस घोड़े बचे थे, जो बार-बार ढाई चलकर खुद को बचा रहे थे।

जवाब में सामने वाली सेना ने भी अपने हाथी और ऊँट खो दिए थे पर घोड़ों के साथ अभय का वजीर बाकी था।

आखिरकार रुद्र को मिली शह बचाने का एक ही तरीका बचा था घोड़े को

राजा और वजीर के बीच में लाया जाए। और ऐसा करने पर वजीर द्वारा बेरहमी से घोड़ा मार दिया गया। तो क्या हुआ कि राजा उस वजीर को मार सकता था। खेल पहले ही खत्म हो चुका था।

रुद्र हारने के बाद बेतहाशा हँस रहा था। वह भूल गया था कि शतरंज की हार के साथ वह इंग्लैंड की जमीं पर हॉर्स बेटिंग का सपना भी गँवा चुका है।

बिसात पूरी होने के बाद दोनों ने अपनी-अपनी वाइन की बोटल खाली की और दोनों वहीं सो गए।

सुबह सोकर उठने के बाद दोनों बहुत देर तक एक दूसरे को अपलक देखते रहे। और याद करने की कोशिश करने लगे कि रात को आखिर हुआ क्या था।

एक-दो मिनट में ही कल रात का सारा किस्सा अभय की आँखों के सामने तैर गया।

"तुम कल की बात को भूल जाओ यार। रात गई बात गई। अगर तुम्हारे पूरे पैसे मैं रख लूँगा तो फिर किसके साथ जाऊँगा रेस में पैसा लगाने। यहाँ हम दोनों साथ आए हैं और हॉर्स बेटिंग भी साथ में ही करेंगे मेरे भाई।" अभय ने हल्की उबासी लेते हुए कहा।

"नहीं भाई मेरी चिंता का कारण तो कुछ और है।" रुद्र ने शून्य की ओर देखते हुए कहा।

"मैं समझा नहीं।"

"कल रात मेरे सपने में धर्मराज युधिष्ठिर आए थे।"

"युधिष्ठिर?" अभय ने आँखें तरेरकर कहा।

"हाँ भाई। वही महाभारत के धर्मराज युधिष्ठिर। उन्होंने मुझे समझाते हुए कहा कि जुए में मैं अपना सारा राज्य हार गया, अपने भाई, अपनी भार्या यहाँ तक कि अपने आप को भी हार गया। पर फिर भी तुम हमारे वंशज होकर वही गलती कर रहे हो? ये द्यूत सिर्फ और सिर्फ नाश लेकर आता है। एक पल में राजा को रंक बना देता है। क्या तुमने हमसे कुछ नहीं सीखा? समाज को जो दिशा देने के लिए इस धर्मराज ने अपने सर पर महाभारत का सबसे बड़ा जुआरी कहलाने तक का कलंक ले लिया, क्या तुम्हें उसका थोड़ा-सा भी भान नहीं है? उनके ये प्रश्न अभी भी मेरे कानों में गूँज रहे हैं दोस्त। मैं रात को बहुत नशे में था। एक पल तो लगा कि वे स्वयं ही मेरे सम्मुख खड़े हुए हैं। और फिर कल रात को जिस तरह

मैं एक ही बाजी में अपनी पिछले चार महीनों की मेहनत की सारी कमाई हार गया उसे भी तो नहीं नकारा जा सकता ना?"

"बात तो तुम्हारी सही है पर फिर हॉर्स बेटिंग का क्या? जिसकी वजह से हम-तुम आज अपने देश से इतनी दूर इस अजनबी जगह पड़े हुए हैं।"

"जुआ कोई भी हो, है तो आखिर जुआ ही। और ऐसा भी नहीं है कि हमने यहाँ कुछ ही न पाया हो। अगर मेरे और तुम्हारे पिछले चार महीने की कमाई जोड़ दी जाए तो हम दिल्ली में एक छोटा-सा फ्लैट ले सकते हैं। जितनी सेविंग्स करने में हमें वहाँ चार-पाँच साल लग ही जाते। और फिर जुआ न खेलने की इतनी बड़ी सीख भी तो मिली जो खुद धर्मराज ही आकर दे गए।"

दोनों को महाभारत का सबसे बड़ा रहस्य समझ आ गया था। आखिर महाभारत के इतने बड़े युद्ध का एक बड़ा कारण ही यह जुए का दुर्व्यसन था। इस अजनबी धरती पर रहने का कोई कारण अब नहीं रह गया था। वे वापस स्वदेश लौटने की तैयारियाँ करने लगते हैं।

आज

बारशाला से फ्लैट पर पहुँचने से पहले दोनों देर तक उसे निहारते रहे। उस फ्लैट में रुद्र को अपनी योगा क्लासेज की यादें दिख रही थीं तो अभय ने उसमें एक अंग्रेज क्रिकेटर को सिखाई गई हिंदी के शब्दों को जगमगाते हुए पाया। ये उनकी चार महीने और कुछ दिनों की इंग्लैंड यात्रा का परिणाम था। ये उनकी मेहनत का फल था।

दूसरी ओर भारत में जब से हॉर्स बेटिंग बंद हुई थी दोनों दुकान मालिक भी बहुत अधीर थे। पर वे लोग तो अपनी दुकानें छोड़कर कहीं जा भी नहीं सकते थे। और फिर ये लत भी तो हर वीकेंड की थी। एक-दो बार किसी दूसरे देश जाकर घोड़ों की रेस में पैसा लगाकर तो ये भूख और भी बढ़ जाती।

दोनों ही ने अपनी-अपनी दुकान में खुद को पूरी तरह से खपा दिया। इतना कि जब से अभय और रुद्र गए हुए थे उन्होंने अपनी दुकानों के लिए कोई मैनेजर भी नहीं रखा था। सारे कामों का मैनजमेंट वे ही देख रहे थे।

हर संडे शतरंज खेलना भी उन्होंने छोड़ दिया था क्योंकि उनके हिसाब से

तो शतरंज दिमाग तेज करने का एक उपकरण मात्र था। लिहाजा रेस बंद होने के साथ ये औपचारिकता भी बंद कर दी गई थी।

अगले दिन ठीक सुबह दस बजे चारों एक-दूसरे के सामने थे। यह गुड़गाँव का वही मैदान था जहाँ कुछ महीने पहले इस समय घोड़े छलांग मारा करते थे।

"हमारे लिए क्या ऑफर है तुम लोगों के पास?" एक शॉप ओनर ने अपनी दाढ़ी के बालों पर हाथ घुमाते हुए पूछा।

यह सवाल पूछना ही हुआ कि दोनों एक दूसरे की ओर देखकर तुम बताओ, नहीं-नहीं तुम बताओ करने लगे।

"कोई नहीं मैंने रास्ते में आते वक्त ये शतरंज खरीद ली थी सोचा था बड़े दिन हो गए हैं खेले हुए। अब इस शतरंज की एक बाजी से ही तय कर लेते हैं कि ऑफर कौन बताएगा।" अभय ने सबको शतरंज की एक नयी पैकिंग खोलकर दिखाते हुए कहा।

रुद्र ने भी तुरंत हामी भर दी और फिर एक बार बिछने लगी शतरंज की बिसात।

दोनों शॉप ओनर पहले तो अचंभित हुए। फिर उन्होंने सोचा कि घोड़े के इस रेसिंग ट्रेक पर घोड़ों को वे कितना मिस कर रहे हैं। वे घोड़े नहीं तो शतरंज के ही घोड़े सही पर ये जगह तो घोड़े के लिए ही जानी जाती है। तो क्या हुआ कि आज ये घोड़े सामने दूर तक फैले उस रेसिंग ट्रैक पर नहीं बल्कि इस 10×10 इंच के चेस बोर्ड पर दौड़ेंगे। उन्हें भी ये खेल देखना पुरानी यादें ताजा होने जैसा लगा।

दोनों ओर से फिर वही चालें होने लगीं जैसी उस रात इंग्लैंड में किसी इमारत की छत पर हो रहीं थी। सारे प्यादे आगे निकल रहे हैं, एक के बाद एक। उसके बाद ऊँट, हाथी यहाँ तक कि वजीर भी। पर घोड़े अपने घर में ही कैद हैं। उनकी सुरक्षा में पूरी किलेबंदी कर दी गई। राजा के साथ ही इस किले में दो घोड़ों को और बंद कर दिया गया।

दोनों शॉप ओनर्स अपनी त्योरियाँ चढ़ाकर बड़े ध्यान से इन अजीबो-गरीब चालों को देख रहे थे। उन्हें ऐसा लगा कि मानो दोनों इंग्लैंड से शतरंज खेलने की कोई बहुत बड़ी कला सीखकर आ रहे हैं।

वे दोनों तो यह देखकर मन-ही-मन हँसे जा रहे थे कि घोड़े से अभय का वजीर मर रहा है काफी देर से। बस एक घोड़ा खोकर वजीर लिया जा सकता

है, पर रुद्र का ध्यान पता नहीं कहाँ लगा हुआ है।

जब भी वे ऐसी ही कोई ऊटपटांग चाल देखते तब दोनों एक दूसरे की ओर विस्मय भरी नजरों से देखने लगते। ये सिलसिला कमोबेश पूरा खेल होने तक चला।

आखिरकार रुद्र के वजीर ने इस बार सामने रखे सफेद घोड़े को छका दिया। कोई भी ढाई चाल उसे नहीं बचा सकती थी तो सामने हाथी आया। उसे किसी का सहारा नहीं था तो वह मारा गया।

इधर दोनों शॉप ओनर सोच रहे हैं कि इंग्लैंड जाकर दोनों की शतरंज भ्रष्ट हो गई है। एक घोड़ा जिसे मारने पर रुद्र का वजीर भी न बचता उसे बचाने के लिए अभय ने अपना हाथी मरवा लिया।

आखिर में घोड़ा मारा गया तो सामने से एक ऊँट उठाकर एक शॉप ओनर ने रुद्र का वजीर मार दिया। और कहने लगे कि रुद्र कितना पागल है साफ दिख रहा था वजीर मारा जाएगा फिर भी एक घोड़े के लिए इसे कुर्बान कर दिया।

पर उन्हें कहाँ पता था कि खेल तो खत्म हो चुका था पहले ही।

रुद्र ने विजय होने की घोषणा की जिसे अभय ने सहज भाव से स्वीकार कर लिया।

तय शर्त के मुताबिक वह ऑफर अब अभय को सुनाना था।

लेकिन बीच में ही शॉप ओनरों ने जानना चाहा कि ये खेल कैसे खत्म हुआ? अभी तो राजा बाकी है, अभी तो शह और मात बाकी है।

तो अभय ने कहा पहले ऑफर सुनिए फिर ये रहस्य भी आपके सामने खुल जाएगा।

अभय ने इंग्लैंड जाने की पूरी कहानी सुना दी। यह भी बता दिया कि वे दोनों भले ही बोलकर गए थे कि किसी बड़े कारोबारी के यहाँ काम मिला है इसलिए इंग्लैंड जा रहे हैं। पर वास्तव में वे जुआ खेलने जा रहे थे, घोड़ों का जुआ। और कैसे जिस दिन वे अपनी जिंदगी की पहली हॉर्स बेटिंग करने जा रहे थे उसके ठीक पहले वाली रात को उनके साथ कुछ ऐसा हुआ कि उन्हें घोड़े पर दाँव लगाने का खयाल ही छोड़ देना पड़ा। उन्होंने शतरंज के खेल में घोड़े को मारने पर हार-जीत का भेद भी खोल दिया। साथ ही इसमें धर्मराज युधिष्ठिर वाली बात का भी पूरा जिक्र शामिल था।

दोनों शॉप ओनरों ने उनकी बात इत्मीनान से सुनी और उनसे कहा कि घोड़ों की इस रेस का जब एक रोज हम दोनों ने बैठ के हिसाब किया तो पता चला कि हम लाखों रुपये उसमें हार चुके थे। बस किसी दिन जीतते तो हमें उस जीत की खुशी याद रहती और हम भूल जाते कि हम उस एक जीत से पहले कितनी बार हार चुके हैं। बस एक जगह सारी रसीदें जरूर रखते गए थे, जो हर दाँव पर हमें मिलती थी और उन पर ही हमारी जीत या हार का हिसाब भी लिखा होता था। धीरे-धीरे सालों से लगाए गए ये पैसे जुड़-जुड़कर एक बड़ी रकम में बदल चुके थे। इतनी कि गुड़गाँव में ही हम दोनों का एक-एक फॉर्महाउस और होता आज।

आज वे चारों ही समझ चुके थे कि खेल में पैसे लगाए जाते हैं तो कोई हारता है और कोई जीतता है। पर अगर खेल को उसकी असल भावना से खेला जाए तो हर खिलाड़ी ही जीतता है। खेल तो मनोरंजन का जरिया है, जुए का साधन नहीं।

अब फिर हर संडे सुबह दस बजे घोड़ों की दौड़ शुरू होती। शतरंज की बिसात बिछती।

आज भी वही घोड़ा महत्त्वपूर्ण था जो कुछ महीने पहले गुड़गाँव में हुआ करता था। अंतर सिर्फ इतना है कि हॉर्स ट्रैक पर घोड़े भगाकर बाजी जीती जाती थी और इस शतरंज की बिसात पर घोड़े बचाकर।

स्वर्गों का स्वर्ग

बड़ी याचना करने के बाद मुझे आखिर बीस मिनट का समय मिल ही गया था।

यही बीस मिनट तय करने वाले थे कि मेरे साथ न्याय होगा अथवा नहीं? बीस मिनट जो कि मेरे जीवन-मरण की कहानी निर्धारित करने वाले थे।

परंतु सबसे बड़ा प्रश्न यह था कि आखिर न्याय की गुहार कहाँ लगाई जाए? न तो इस अनोखी जगह से मैं परिचित था और न ही यहाँ कोई मेरी जान-पहचान वाला ही था। वास्तविकता तो यह है कि मैं तो यह भी नहीं जानता था कि मैं यहाँ आया कैसे? मुझे तो अहसास ही तब हुआ जब दो हाथों द्वारा उठाकर मुझे यहाँ ला दिया गया था। ऐसे दो हाथ जिनका कोई धड़ नहीं दिख रहा था। उस अजीब-सी जगह में धुंध बहुत थी, शायद उसमें ही कहीं गायब हो।

विचारों की यह उथल-पुथल चल ही रही थी कि मुझे वहाँ एक संत के समान व्यक्ति दिखाई दिए। उन्होंने हाथों में वीणा और खड़ताल धारण किया हुआ था। वह मुख से बारंबार नारायण-नारायण का जाप कर रहे थे। मैं आश्वस्त हुआ कि पुराणों में इन्हें ही नारद जी कहा गया है। यही मुनियों में श्रेष्ठ ऋषिराज हैं और ज्ञान के अविरल स्रोत हैं। रामायण-महाभारत और अन्य धार्मिक कथाएँ जो मैंने टेलीविजन के माध्यम से देखी थीं उनमें पाया था कि देवताओं से लेकर असुरों तक में नारद जी का कितना सम्मान है।

मुझे ज्ञान था कि अक्सर जब देवतागण, असुरों से युद्ध में पिछड़ने लगते थे तो उन्हें नारद ज़ी ही संकट से उबरने का मार्ग बताया करते थे। ऐसी कई कहानियाँ जो मैंने बचपन में सुनी थीं कम-से-कम उनसे तो यही इंगित हो रहा था कि मेरी इस विपत्ति में भी वे ही मेरे तारणहार बन सकते हैं।

मैं नारद जी के पास पहुँचा और उन्हें प्रणाम कर अपनी सारी व्यथा कह सुनाई। तत्पश्चात उनसे आग्रह किया कि विपदा की इस घड़ी में वे मेरा मार्गदर्शन करें। आखिर अब मुझे क्या करना चाहिए?

नारद जी ने बड़ी निश्चिंतता से मेरी ओर देखा और बोले कि इस स्थिति में न्याय की गुहार मुझे उनसे लगानी चाहिए जिन्होंने मर्यादा पुरुषोत्तम के रूप में पृथ्वी पर अवतरित होकर ऋषिजनों को राक्षसों के अत्याचार से बचाया। जिन्होंने प्रजापालक के रूप में अपने कर्तव्य का निर्वहन करने के लिए प्राणों से भी प्रिय अपनी पत्नी का त्याग कर दिया। न्याय की ही रक्षा के लिए जिन्होंने कुरुक्षेत्र के रण में एक सारथी तक की भूमिका स्वीकार कर ली। अर्थात उनका सुझाव था कि मुझे भगवान श्री विष्णु के पास जाकर न्याय की प्रार्थना करनी चाहिए।

मैंने नारद जी को पुनः प्रणाम करते हुए उनसे कहा कि भगवन मैं उन तक कैसे पहुँचूँगा? हे! ऋषिराज आप ही मुझे वहाँ तक ले जा सकते हैं। उदार हृदय वाले नारद जी ने मेरी करुण पुकार सुनकर शीघ्र मेरा एक हाथ पकड़ लिया। उसके बाद जैसे मन एक ही क्षण में कहीं-से-कहीं पहुँच जाता है उसी गति से हम भी अगले ही क्षण शेषनाग पर विराजे भगवान विष्णु के सम्मुख खड़े थे। जहाँ प्रभु के साथ माता लक्ष्मी के दर्शन भी हमें हुए।

भगवान श्री हरि विष्णु और माता के चरणों में हमने नमन किया। भगवान ने नारद जी से मेरा परिचय पूछा और वह प्रयोजन भी जानना चाहा जिस हेतु मैं वहाँ उपस्थित था।

नारद जी ने मेरी ओर देखते हुए कहा, "अपनी व्यथा बताओ वत्स!"

मैंने भगवान से कहा प्रभु मुझे तो बस इतना याद है कि मैं पृथ्वी पर अपने घर में था। मैं बहुत खुश था अपने परिवार के साथ, अपने माता-पिता के साथ। माँ के हाथ का खाना, पिताजी के साथ रोज सुबह की सैर पूर्व की स्मृति तो बस इतनी ही है।

और फिर मैं जब होश में था तो यमलोक में था। वहाँ कई लंबी-लंबी पंक्तियाँ लगी हुई थीं। हर पंक्ति के लोग धीरे-धीरे बढ़कर एक व्यक्ति के समक्ष पहुँच रहे थे, जिनके हाथ में एक बड़ी-सी पोथी थी। उस पोथी में देखकर उनके पाप और पुण्य का हिसाब लगाने के पश्चात उन्हें स्वर्ग या नर्क में भेजने का निर्णय किया जा रहा था। जिन लोगों के भाग्य में स्वर्ग आ रहा था वे बड़े

रोमांचित होकर, चहलकदमी करके उछलते हुए यमलोक के कर्मियों के साथ जा रहे थे। और जिन्हें नर्क भोगना था उन्हें यमलोक के कर्मी बड़े कसकर पकड़े हुए थे और बलपूर्वक घसीटते हुए उन्हें दूसरे रास्ते की ओर ले जा रहे थे।

उन्हीं में से एक पंक्ति में मैं लगा हुआ था। जैसे ही मैं चित्रगुप्त जी के सम्मुख पहुँचा, उन्होंने यमराज जी को बताया कि मेरे पाप और पुण्य में पुण्य वाला पलड़ा भारी है और मुझे स्वर्ग भेजा जाना चाहिए।

उस वक्त मेरा चेहरा खुशी प्रकट करने लगा और मैंने यमराज जी से कहा कि क्या आप मुझे सच में स्वर्ग भेजेंगे? उन्होंने उत्तर में "हाँ" कहा और जब मैंने उनसे इस बात का वचन लिया तो उन्होंने हँसते हुए मुझे वचन भी दे दिया।

"तो क्या उसके बाद तुम्हें स्वर्ग जाने से वंचित कर दिया गया?" प्रभु ने पूछा।

"हाँ भगवन! मुझे तो वे कोई ऐसी जगह ले जाने लगे जहाँ अनेकों-अनेक रूपमती अप्सराएँ थीं। उस जगह कई स्वर्ण पात्र थे। बड़े-बड़े सोने के कलश भाँति-भाँति के दिव्य पेयों से भरे हुए थे। वहीं एक जगह देवराज इंद्र का दरबार सजा था। वह जगह हर तरह की सुख- सुविधाओं से युक्त थी पर मुझे मेरा स्वर्ग तो वहाँ कहीं दिखाई नहीं दिया।"

"निश्चित ही तुम्हें स्वर्ग ले जाया गया था, इसमें तुम्हें क्या आपत्ति है?"

"भगवन! मैं वचन में उस स्वर्ग की माँग कैसे कर सकता था जो मैंने कभी देखा ही नहीं था? जिसके होने न होने के बारे में भी मुझे कुछ ज्ञान ही नहीं था? मेरे लिए तो उस समय स्वर्ग वही था जहाँ से मुझे वहाँ लाया गया था। मेरा घर जहाँ अपने माता-पिता की छाँव में मैंने स्वर्ग की ही अनुभूति की है। मैंने तो अपने उसी स्वर्ग में वापस जाने के लिए यमराज जी से वचन लिया था। परंतु जब मैंने उनसे उनका वचन निभाने की बात कही तो उन्होंने मना कर दिया इसलिए मैं न्याय के लिए आपके सम्मुख उपस्थित हुआ हूँ।"

प्रभु ने मेरी बात की सत्यता प्रमाणित करने के लिए यमराज जी को बुलाया।

भगवान विष्णु के सम्मुख यमराज जी से न्याय की चाह में मेरे द्वारा की गई याचना की बात सर्वत्र फैल चुकी थी। देवतागण भी इस अद्भुत मुकदमे का रस लेने आ चुके थे। स्वयं ब्रह्मा जी भी वहाँ उपस्थित हुए जो कमल के पुष्प पर विराजे हुए थे और मैंने यह भी अनुभव किया कि ध्यान मुद्रा में बैठे हुए शिव जी

भी इस अनोखे विवाद की परिणति देखने के लिए उत्सुक हैं। मैंने कृतज्ञ भाव से दोनों हाथ जोड़कर वहाँ उपस्थित सभी दिव्य शक्तियों को नमन किया।

कुछ ही क्षणों में यमराज जी वहाँ उपस्थित हुए। भगवान की वंदना करने के पश्चात यमराज जी ने बताया कि उन्होंने मुझे स्वर्ग ले जाने का वचन दिया था क्योंकि मेरे द्वारा किए गए पुण्य कार्य, पापों से ज्यादा थे।

यमराज जी ने अपना पक्ष रखते हुए यह कहा कि स्वर्ग की मेरी परिभाषा, स्वर्ग की उस परिभाषा से मेल नहीं खाती जो वचन देते वक्त उनके मस्तिष्क में थी। साथ ही उन्होंने यह दलील भी दी कि ऐसा कोई भी निर्णय जो मुझे वापस पृथ्वी भेजता हो वह विधि के विरुद्ध है और पृथ्वी में जबसे जीवन की रचना हुई है तब से एक-दो अपवादों को छोड़कर ऐसा कभी नहीं हुआ कि किसी मृत व्यक्ति को पुनः जीवन देकर वापस पृथ्वी लोक भेज दिया गया हो।

यमराज जी ने यह भी बताया कि जब मैंने अपने साथ अन्याय की बात कहकर बहुत प्रार्थना की तो उन्होंने मुझे न्याय प्राप्त करने के लिए बीस मिनट का समय दे दिया था।

"तुम बताओ कि इस प्रकरण में स्वर्ग की वही परिभाषा क्यों ली जाए जो वचन माँगते वक्त तुम्हारे लिए थी?" प्रभु ने मुझसे प्रश्न किया।

"भगवन! आप तो सर्वज्ञ हैं, जो वचन माँगता है वह याचक होता है और वचन देने वाला दाता। वचन उसे पूरा करने का दिया जाता है जो एक याचक चाहता है न कि उसका जो एक दाता देना चाहता है। प्रभु वामन अवतार के समय आपने भी तो राजा बलि से सिर्फ तीन पग भूमि चाही थी। अगर राजा बलि के दृष्टिकोण से देखा जाता तो वह तीन पग भूमि एकदम नगण्य थी। परंतु आपने उसमें सारी पृथ्वी, स्वर्ग सहित अन्य लोक एवं स्वयं उनको ही दान में ले लिया था। लेकिन उस समय राजा बलि ने यह नहीं कहा कि मैंने तो आपके छोटे पैरों को देखकर तीन पग भूमि दान करने का वचन दिया था।"

वहाँ उपस्थित सभी लोग अब समझ चुके थे कि निर्णय का भार मेरी ओर झुक चुका है। वामनावतार का जिक्र होते ही समस्त देवतागण भगवान की उस लीला को याद कर भाव-विभोर हो उठे, जब भगवान ने उनका खोया हुआ मान उन्हें वापस दिलवाया था।

यद्यपि मैं आश्वस्त था कि भगवान का निर्णय मेरे ही पक्ष में होगा किन्तु

फिर भी मैंने कहना जारी रखा। मैंने भगवान से कहा कि प्रभु आप ही बताइए स्वर्ग कौन-सा है? वह जहाँ बड़े-बड़े भवन हैं, आमोद-प्रमोद के साधन हैं, सुख-सुविधाएँ हैं या फिर वह जहाँ माँ की ममता है पिता के त्याग और परिश्रम का आश्रय है? जहाँ मैंने जीवन के इतने वर्ष मेरे प्रति उनके प्रेम और चिंता से अभिभूत होकर गुजारे हैं क्या वह स्थल जिसे मैं अपना घर कहता हूँ वही वास्तविक स्वर्ग नहीं है?

कुछ पल के लिए भगवान ने नेत्र बंद कर लिए, मानो अनुभव कर रहे हों कि कैसे पिता दशरथ और माता कौशल्या उनके हठों को पूरा करने के लिए उनके आगे-पीछे घूमा करते थे। माँ यशोदा को वे अपने नटखटपन से कितना परेशान किया करते थे। उनकी शिकायतें लेकर प्राय: हर समय गोकुल की कोई-न-कोई गोपी माँ यशोदा के दरवाजे पर खड़ी ही रहती थी। फिर भी उनका लाड़-दुलार हर शैतानी के साथ बढ़ता ही जाता था।

भगवान ने जैसे ही अपने नेत्र खोले उनकी आँखें वात्सल्य के भाव से आनंदित होकर भर आईं थी।

एक क्षण को मैंने वहाँ खड़े रहकर महसूस किया कि जैसे भगवान फिर से बच्चा बनकर वही आत्मीय प्रेम पाना चाह रहे हों जो उन्होंने माता कौशल्या और माँ यशोदा के आँचल में पाया था।

अंतत: भगवान ने अपना निर्णय सुनाते हुए कहा कि माता-पिता के प्रेम की छाँव से बढ़कर तो इस समस्त ब्रह्मांड में कुछ भी नहीं है। स्वयं उनका लोक भी इस निश्छल प्रेम के आश्रय के समक्ष छोटा लगता है। प्रभु ने कहा कि माता-पिता के अपनत्व का सानिध्य तो स्वर्गों का भी स्वर्ग है। भगवान ने आदेश दिया कि यमराज जी ने जो वचन मुझे दिया था उसका पालन किया जाए और यह भी कहा कि यमराज जी आगे से ऐसा कोई भी वचन न दें जिससे विधि का उल्लंघन हो।

आखिरकार मुझे मेरे स्वर्ग भेजने का प्रबंध किया गया। स्वयं यमराज जी को इसका उत्तरदायित्व सौंपा गया।

यमराज जी के आदेश पर उनका वाहन भैंसा प्रकट हुआ। यमराज जी उस पर विराजमान हुए। जैसे ही यमराज जी मेरी ओर इशारा करके बैठने के लिए कह रहे थे कि अचानक मेरी नींद खुल गई। मैंने आँखें मलते हुए आस-पास नजरें दौड़ाई तो पाया कि सुबह हो चुकी थी।

और इस पूरी कथा को लिखने के लिए मैंने ये कलम उठा ली, क्योंकि मेरे द्वारा देखा गया यह स्वप्न अभी तक का सबसे अनोखा स्वप्न था। मैंने सोचा कि आप लोगों को भी यह बता दूँ कि घर दो कमरे का है या चार, आप साधन-संपन्न हैं अथवा विपन्न इससे फर्क नहीं पड़ता। सच्चाई तो यह है कि स्वर्ग अगर कहीं है तो वहीं है जहाँ माता-पिता हैं, जहाँ आपका परिवार है।

अब सोच रहा हूँ नीचे जाकर इस अनोखे सपने के बारे में माँ-पिताजी को भी बता दूँ।

आपका क्या विचार है?

सिगरेट के ठूँठ

'कल तक अमेरिका, रूस और चीन जैसे देश चाँद पर पहुँचकर खूब इतराया करते थे पर आज देखो हमारे वैज्ञानिकों के उद्यम का फल। हम भी उन्हीं देशों में से एक बन गए हैं। थोड़ी-सी कसक जो इस मिशन चंद्रयान-2 में रह गई बस उसी का दुख है। काश! चंद्रमा पर लैंड होने के कुछ ही समय पहले हमारे वैज्ञानिकों का संपर्क विक्रम लैंडर से न टूटा होता।'

सुबह-सुबह चाय की प्याली के साथ जब अखबार हाथ में होता है तो जैसे कुछ समय के लिए मैं अलग ही वातावरण में अपनी उपस्थिति महसूस करने लगता हूँ। चाय के हर घूँट के साथ शहर की एक प्रतिष्ठित कॉलोनी में स्थित अपने इस घर से मन की उड़ानें भरते-भरते कहीं दूर निकल आता हूँ।

कभी चंद्रयान द्वारा भेजी गई चाँद की पहली तस्वीर को देखकर मैं उसके साथ ही चाँद की सतह का अवलोकन कर रहा होता तो कभी किसी बड़े आपराधिक केस में हो रही जाँच को पुलिस विभाग के आला अधिकारियों के साथ परत-दर-परत खोल रहा होता। कभी इजराइल-फिलस्तीन के बीच चल रही भारी गोलाबारी में मैं भी कहीं रिपोर्टर बनकर खड़ा कुछ निरपराध लोगों को मरते हुए देख रहा होता। अखबार की हर खबर के साथ मेरा मन चित्र खींचता, कल्पना करने लगता उन दृश्यों की जो मेरे सामने काले अक्षरों में लिखे होते।

अखबार से मेरा मोह कुछ इस तरह का हो गया है कि जब भी कभी अखबार वाला किसी दिन अखबार डालने नहीं आता तो मैं उस पर उसी तरह भड़कने लगता हूँ जैसे कोई नया अमीर कुछ नुकसान करने के बाद अपने नौकर की अक्ल ठिकाने लगाने के लिए बरस पड़ता है। सिविल सेवा का प्रतियोगी होने के नाते अखबार की खबरों से मेरा यह लगाव अपेक्षित भी है।

अखबार के साथ ही नित्य का एक नियम और बन गया है, वह है सुबह उठकर ताजी हवाओं, खुशनुमा फिजाओं में दौड़ने जाना। उसके बाद अखबार पढ़ना, नहाना और फिर आँखों पर चश्मा चढ़ाना।

जो चश्मा पहली-पहली बार में फैशन के सिंबल के लिए बड़े शौक में लगाया करता था, धीरे-धीरे दो आँखों से सामने वाले नजारों का लुत्फ उठाने के लिए एक मजबूरी-सा बनता गया। पर ये मजबूरी रोज-रोज की थी और जो रोज-रोज का होता है उसकी आदत आप चाहो न चाहो, पड़ ही जाती है।

मैं उस समय दिल्ली में था। यूपीएससी के एक प्रतिष्ठित कोचिंग संस्थान में 'प्रशासन में लोकसेवकों की भूमिका' विषय पर सर दिनेश त्यागी अभ्यर्थियों से विचार-विमर्श कर रहे थे। मैं एकटक सर को देखे जा रहा था, तभी अचानक मैंने गौर किया कि सर का चेहरा कुछ धुँधला-सा हो गया है। मैंने आँखें मली और उठाकर फिर देखने की कोशिश की पर इस बार भी सर का चेहरा ज्यों-का-त्यों बना रहा।

नजदीक का तो मुझे एकदम बढ़िया दिख रहा था। मैंने क्लासरूम के चारों तरफ नजरें घुमाई तो दूसरी तरफ कुछ लड़कियाँ बैठी थीं उन पर ध्यान गया। मैंने उनमें से एक की ओर देखा पर चेहरा समझ न आया। मैंने आँखें और गढ़ा दीं लेकिन चेहरा तो साफ होने का नाम ही नहीं ले रहा था। बल्कि मुझे इस तरह से घूरता हुआ देखकर वह अपने पास वाली लड़की से कुछ कहने लगी और फिर उसने भी मेरी ओर देखा। मेरा विजन इतना अस्पष्ट था कि मैं समझ ही नहीं पाया कि वहाँ आखिर था कौन?

मैंने घबराकर अपने आस-पास के स्टूडेंट्स से पूछा, "क्या तुम्हें भी सर धुँधले-धुँधले दिख रहे हैं?" पर उनका जवाब "ना" था। अब सर की ओर फिर से देखने की हिम्मत नहीं हुई। अपनी कमजोर आँखों का अहसास मुझे हो चुका था।

उस दिन कोचिंग से जाने के लिए सीढ़ियाँ उतरते वक्त एक लड़का मेरी तरफ आकर बोला, "भाई मेरी बंदी को क्यों घूर रहा था आज?"

"कौन लड़की भाई? यहाँ साला वैसे ही दूर का कुछ दिख नहीं रहा है।"

"क्या मतलब?"

"वह जो सामने बैनर है जिस पर बड़े अक्षरों में अरोरा क्लासेस लिखा है,

मुझे उसके नीचे का कुछ भी पढ़ने में नहीं आ रहा। इसीलिए तो आज दूर बैठे लोगों को देखकर समझने की कोशिश कर रहा था कि कुछ दिख भी रहा है या नहीं। लगता है आई चेकअप कराना पड़ेगा।"

कोचिंग से मैंने अपने निवास स्थान का रुख किया।

दिल्ली के कोचिंग हब मुखर्जी नगर में बाहर से आया हुआ हर मध्यमवर्गीय छात्र आमतौर पर एक कमरे के घर में रहता है जिसमें ही साइड से किचिन प्लेटफॉर्म होता है और छोटी-सी गैलरी के बगल से बाथरूम। यह कमरा भी अकेले का नहीं होता साथ में एक लड़का और। यही हाल मेरा भी था और मेरा वह एक ठो रूममेट बिहार से था।

जब यह बात रूममेट को बताई तो उसने मेरी आँखों पर अपना चश्मा चढ़ा दिया। मेरा विजन क्लियर तो हुआ पर मुझे चश्मे को तुरंत हटा देना पड़ा, उसकी इंटेंसिटी बहुत ज्यादा थी। उसके चश्मे का नंबर कुछ ज्यादा ही बढ़ा हुआ था। अफसर बनने का जो कमिटमेंट बिहारियों में दिखता है वह तो कहीं और नजर आ ही नहीं सकता इसीलिए तो हर बिहारी को ही यहाँ इतने बड़े नंबर का चश्मा लगा होता है।

दो दिन बाद जब अपनी आँखों का पहला चश्मा लगाया तो दुनिया उजली-उजली-सी लगने लगी। दो दिन के पतझड़ के बाद मेरी हरियाली आ गई थी। जब अपने इस नये चश्मे वाले अवतार के साथ कोचिंग पहुँचा तो इस बार सब मुझे घूर रहे थे। मानो मेरी आँखों पर चढ़ा चश्मा ये गवाही दे रहा हो कि हो न हो यह परिणति दिन रात किताबों के साथ आँखें फोड़ने की ही है।

कोचिंग में कुछ लोग जिन्हें पहले से ही चश्मा लगा हुआ था, आ-आकर मेरे चश्मे का नंबर पूछ रहे थे। पास में बैठे कुछ दोस्त बड़े उतावले हो रहे थे मेरा चश्मा पहनकर अपनी सेल्फी लेने के लिए।

कोचिंग के कुछ दोस्तों ने मेरे साथ स्पेशल फोटो सेशन किया और दो-एक फोटो इंस्टाग्राम पर भी डाल दी, 'भाई का नया लुक' हैशटैग के साथ।

शाम को जब रूम पहुँचा तो पता चला दोस्तों को पार्टी लेने का नया बहाना मिल चुका था 'चश्मा लगने की पार्टी'।

एक-दो लीटर की फैंटा की बॉटल बस यही थी हमारी पार्टी। जब भी कोई ऐसा उपलक्ष्य होता हम लोग फैंटा से भरे गिलासों को टकराकर उसे सेलिब्रेट

जरूर करते।

उस दिन 'फैंटा पर चर्चा' के दौरान मित्र मंडली में जिनको भी चश्मा लगा था वे सब चश्मे से जुड़े अपने-अपने किस्से सुनाने लगे। जैसे मुझे चश्मा लगा देखकर सबकी चश्मे से जुड़ी यादें ताजा हो आई हों।

किसी ने कहा मैं बहुत लकी हूँ जो स्कूल के दौर में चश्मा नहीं लगा वरना पता नहीं कितने नाम रख दिए जाते मेरे। 'चश्मुद्दीन' एक ऐसा नाम था जिससे स्कूल के टाइम शायद ही कोई चश्मे वाला विद्यार्थी बच पाया हो।

'स्कूल में जब भी कभी मेरी लड़ाई होती हार-जीत का फैसला तो बाद की बात है, पर सबसे पहला शिकार मेरा चश्मा हुआ करता था। ऐसे पाँच से ज्यादा चश्मे तोड़ दिए गए थे उन दिनों।' एक दोस्त ने भारी मन से अपनी व्यथा बताई।

और तो और हम तीन-चार चश्मे वालों में एक बंदा ऐसा भी था जो घर से तो चश्मा पहनकर निकलता पर रास्ते में उसे बैग में सरका देता। बोर्ड का लिखा हुआ तक बगल वाले की कॉपी में झाँककर उतारता। यह सब इसलिए कि चश्मे को लेकर उसका मजाक न बनने पाए।

उफ्फ! कितना डरावना था यह, बोर्ड पर कुछ नहीं दिख रहा है वह चलेगा पर चश्मा नहीं लगा सकते। अब मुझे भी वाकई लगने लगा भला हो जो चश्मा अब लग रहा है वरना स्कूल के जो इतने साल मजे में काटे हैं, वह इतने सुकून से तो हरगिज नहीं बीतते।

जब भी आँखों के सामने अखबार आता है उसमें मेरा ध्यान स्थानीय खबरों को जरूर खँगालता। उस पर भी मेरी नजरें उन खबरों को तलाशतीं जो बिलकुल मेरे आस-पास ही घटित हुई हों। आज भी मैं पेपर पढ़कर नहाने जा ही रहा था कि एक खबर को पढ़कर मेरे दिमाग का काँटा रफ्तार पकड़ गया। हमारी कॉलोनी जो शहर के सीमांत क्षेत्र में है उससे महज चार किलोमीटर की दूरी पर स्थित एक गाँव में किसी गरीब के घर में आग लगने के कारण बाप-बेटी आग से झुलसकर मर गए। 'बेटी, अरे उसे तो मैं जानता था... शायद!'

इस खबर से मेरा जुड़ाव इसलिए भी था क्योंकि मैं हर रोज सुबह दौड़ने उसी सड़क पर जाता था, और सड़क किनारे के जिस जलते हुए मकान का फोटो छपा हुआ था वह तो मेरा वापस घर की ओर जाने का संकेतक था। वह

रोज मुझसे कहता था, "अब घर की ओर चलो जनाब, बहुत आगे आ गए।"

अखबार की यह खबर पढ़ने के बाद मुझे थोड़ी देर पहले का वाकिया भी याद आ गया। रोज की तरह आज के दिन भी मैं अपनी रूटीन रनिंग पर निकला था। सुबह-सुबह की ताजी हवा में, पक्षियों के कलरव में विस्मित-सा सड़क किनारे दौड़ता जा रहा था। तभी मैंने वहाँ कुछ ऐसा देखा जो था तो धुँधला पर कुछ गहरा था। नजरों से तो मैं कुछ समझ ही न पाता अगर मैंने उस आदमी की चीखें न सुनी होती। फिर तो मैंने आधे रास्ते से ही वापस अपने घर का रास्ता नाप लिया था।

मैं सोचने पर मजबूर था कि आखिर वहाँ ऐसा क्या हुआ था, जो बिना चश्मे के मेरी धुँधली आँखें देख नहीं पाईं। मुझे पता था कि कुछ तो गलत हुआ है जो मेरे कदम वहाँ से आगे बढ़ने में लड़खड़ाने लगे थे।

सामने रखे अखबार की यह खबर पढ़कर तो मैं और परेशान हो गया। मेरी कल्पना शक्ति उस खबर को पढ़कर जो घर के दृश्य उभार रही थी वह बहुत भयावह थे। वे दोनों जल रहे थे, मानो मेरे ही सामने।

मैं इन घुटती आवाजों और सिसकियों से खुद को बाहर निकालने की जद्दोजहद में ही था कि एक गाड़ी के रुकने की आवाज हुई।

पुलिस की गाड़ी ठीक मेरे घर के बाहर खड़ी थी। एक दरोगा कड़क आवाज में मेरा नाम चिल्ला रहा था। घर की घंटी भी बजने लगी थी। मैं मेन गेट की ओर भागा।

"शिखर श्रीवास्तव?" उँगलियों के बीच में सिगरेट फँसाए एक उम्रदराज दरोगा ने नजरें मेरी ओर करते हुए कहा। दरोगा का पेट ठीक उतना बाहर था कि पैंट को कसने वाली बेल्ट न दिखे।

"बताइए?"

"आज सुबह एक कत्ल हुआ है उसके बारे में आप से पूछताछ करनी थी।"

"क्या बात है?" ठीक सुबह की घटना मुझे स्मरण हो आई।

"कॉलोनी वालों से पता चला कि आप उसी सड़क पर रोज दौड़ने जाते हैं, जहाँ आज कत्ल हुआ था। क्या आप आज भी गए थे?"

"हाँ।" मैंने सच बोल दिया यह सोचते हुए कि इतनी बड़ी कॉलोनी में हमारा मकान मेन गेट से थोड़ी दूरी पर था, किसी-न-किसी ने तो मुझे देख ही

लिया होगा।

"आपकी टाइमिंग के हिसाब से आप उसी वक्त दौड़ने जाते हैं जब यह कत्ल दर्ज किया गया। तब तो जरूर आपने कुछ देखा होगा?"

"जो कुछ देखा था वह तो धुँधला था, बिना चश्मे के था। सो ठीक याद नहीं है पर एक आदमी की चीखें जरूर मुझे सुनाई दी थी आज। जिसके बाद मैं कुछ गलत होने के अंदेशे में वहाँ से लौट गया था।"

"चश्मा नहीं लगाने की वजह?"

"सुबह के शांत चित्त माहौल में जहाँ कुदरत अपनी स्वास्थ्यवर्धता के पूर्ण में होती है, मैं नहीं चाहता कि एक चश्मा इसमें बाधक बने।"

"ठीक है, अभी के लिए इतना काफी है, आगे हो सकता है इस केस में आपको कुछ कष्ट हो।"

"कष्ट कैसा? कानून-व्यवस्था के साथ सहयोग तो हर नागरिक का दायित्व है।"

अच्छा तो वह आवाज किसी की आखिरी चीख थी। मेरा मन अशांत हो रहा था। मैं स्मृति में जाकर देखना चाहता था कि उस आदमी को किसने मारा था पर कुछ याद नहीं आया। जब मैंने दिमाग पर ज्यादा जोर दिया तो इतना जरूर मुझे समझ आया कि उस आदमी पर जो चाकुओं के वार हो रहे थे उसमें दो लोग शामिल थे।

पूरे दिन मेरा किसी काम में मन नहीं लगा। यहाँ तक कि जब मैं पढ़ने बैठा तो भी वह चीखें मेरे जेहन में अटकी हुई थीं। बड़ी देर तक मैं हाथ में कॉपी लिए यही सोचता रहा कि दोष चश्मे का था या मेरी आँखों का जो देखकर भी मैं कुछ देख नहीं पाया।

दो दिन हुए होंगे, मैं इस सोच के साथ पुलिस स्टेशन पहुँचा कि पता चले वे कातिल पकड़े गए या नहीं। जानने में ये आया कि तीन लोगों को उस हत्या के इल्जाम में पुलिस ने धर दबोचा था, जो उसी गाँव के थे।

वहाँ दरोगा मुझसे कह रहा था कि हत्यारे पकड़े गए हैं। मैं हैरत में था क्योंकि जहाँ तक मेरी स्मृति थी दो लोग ही उस दिन घटना को अंजाम दे रहे थे तीसरा आदमी तो वही था जिसे मारा जा रहा था।

मैंने दरोगा से पूछा कि आपके पास इनके खिलाफ क्या सबूत है? पर दरोगा

ने कन्नी काट ली और कहा कि पुलिस के काम में इस तरह की दखलंदाजी आगे बर्दाश्त नहीं की जाएगी। मैंने सोचा कि दो आदमी वाली बात उसे बता दूँ पर यह सोचकर मैं चुप रह गया कि फिर असली कातिल कौन है? मेरी धुँधली आँखें कहाँ कुछ सही से देख पाई थीं? और क्या एक ऐसे चश्मे वाले आदमी का भरोसा किया जा सकता है जो बिना चश्मे आँखों देखा हाल बता रहा हो?

मैं इस घटना से बहुत व्यथित था। इस एक हफ्ते के अंदर कोई ऐसा दिन नहीं होगा जब मुझे वे चीखें न सुनाई दी हों। हत्या के आरोप में वे तीन चेहरे भी मुझे दिखते जो हवालात में बंद थे। मैं सोचा करता कि कत्ल करने में दो लोग ही थे और वह तो अच्छे खासे शरीर वाले थे पर ये तो गाँव के सूखे-साखे से लोगों को पकड़े बैठे हैं। हफ्ते भर से मैंने उस ओर जाना ही छोड़ दिया था अब मैं ठीक उसके विपरीत दिशा में दौड़ने जाने लगा। एक और परिवर्तन जो मैंने किया था, अब चश्मा सुबह दौड़ते वक्त भी मेरी नजरों के सामने के दृश्यों को भलीभाँति दिखाने लगा था।

"तुम्हें पता है? जो लोग हत्या के आरोप में पकड़े गए थे उन्हें पुलिस ने रिहा कर दिया है।" एक दिन जब में दौड़कर आ ही रहा था तभी मैंने दो लोगों को बात करते सुना।

यह जानकर मैंने राहत की साँस ली कि अच्छा हुआ जो पुलिस महकमे की यह गलतफहमी जल्दी दूर हो गई। फिर भी एक सवाल तो था ही, हत्यारे अब भी पुलिस की गिरफ्त में नहीं थे।

दो-तीन दिन और बीते। मैंने एक बात पर गौर किया कि अब जब मैं विपरीत दिशा में दौड़ने जाने लगा था, वह रास्ता शहर में अंदर की ओर जाता था, जहाँ सुबह से मॉर्निंग वॉक पर जाने वालों की अच्छी तादाद होती। शहर के आंतरिक हिस्से में हवा की ताजगी भी कुछ कम होती। प्रकृति की जो पूर्णता गाँव की ओर जा रहे रास्ते में थी, शहर के अंदर जाने वाले रास्ते में वह बात कहाँ थी?

आखिर मैंने निर्णय किया उसी रास्ते फिर से जाने का, जिस रास्ते पर कुछ दिनों पहले मैं बिन चश्मे जाया करता था।

अगले दिन मैं दौड़ता हुआ वहीं जा पहुँचा जहाँ से मैं घर की ओर वापस मुड़ता था। छोटा-सा वह घर जिस पर बाहर कोई पेंट नहीं था। सीमेंट की परत पर हल्का हरा रंग लिपा होता जो कि गोबर का था। अब जलने की वजह से

एकदम काला पड़ चुका था। गाँव का वह घर अब पूरी तरह उजड़ चुका था।

मुझे अखबार की वह खबर ध्यान आई जिसमें मकान के जलने का जिक्र था। मैंने दिमाग पर दबाव डाला कि आग लगने का कारण क्या बताया गया था? पर... उस खबर में तो ऐसी कोई वजह दी ही नहीं थी।

मैं उस मकान के थोड़े करीब पहुँचा। मैं उन स्मृतियों में जा पहुँचा जहाँ रोज सुबह दौड़ते वक्त मुझे यहाँ एक लड़की दिखा करती थी। बीस-बाइस वर्ष की उस लड़की की सूरत बहुत भोली थी, गाँव की लड़कियाँ जितनी हुआ करतीं है उससे भी कहीं ज्यादा। सुबह-सुबह वह अपने घर के द्वार को कभी गोबर से तो कभी गेवरी से लीपा करती थी। जब भी मैं वहाँ से गुजरता था अक्सर उससे नजरें मिल जाया करती थीं। गाँव की वह लड़की मुस्कुरा देती थी कभी तो मानो उसके साँवले बादल जैसे मुखड़े पर कोई सूरज उतर आया हो।

उस लड़की को देखने के बाद अगर कोई मुझसे सुंदरता की परिभाषा पूछता तो मैं कहता-

'खूबसूरती गोबर लीपा करती है
रोज सुबह
जब मैं दौड़ने जाता हूँ।'

ये पंक्ति मैंने तब लिखी थी जब मैं दिल्ली से आकर पहली बार सुबह दौड़ने निकला था। जब मैंने उसे पहली बार देखा था। उसी वक्त मैंने यह निर्णय कर लिया था कि इस मकान से आगे जाने में क्या रखा है? दिल्ली से आए मुझे सात ही दिन तो हुए थे कि एक रोज मुझे आधे रास्ते से लौटना पड़ा। उसी दिन अखबार में ये खबर भी देखनी पड़ी कि वह लड़की अब इस दुनिया में नहीं रही।

मैं वापस घर जा ही रहा था कि मुझे कुछ दिखा। मुझे एक जली हुई सिगरेट का ठूँठ दिखा। वह ठूँठ कुछ अलग था, एकदम पतला। मैंने आस-पास नजरें फेरीं तो ऐसे ही कुछ और ठूँठ भी वहाँ पड़े हुए थे। जिन्हें देखकर मुझे कुछ याद आया। मैंने उनमें से एक उठाकर अपनी जेब में रख लिया।

फिर मैंने आस-पास के घरों की ओर अपने कदम बढ़ा दिए और उनसे जानना चाहा कि आखिर उस मकान में आग कैसे लगी थी? जिससे भी मैं यह पूछ रहा था वह असहज हो जा रहा था, और यही कह रहा था कि वह लोग तो उस वक्त अपने खेत पर थे। सारे लोग एक साथ अपने पूरे परिवार को लेकर

खेत पर चले गए थे, यह तो मेरे गले के नीचे नहीं उतर रहा था।

लेकिन मैं कोई पुलिस अफसर तो था नहीं जो उन्हें डरा-धमकाकर कुछ उगलवा सकता। हालाँकि इस पूछताछ के दौरान मैं यह जरूर सोच रहा था कि आगे चलकर सिविल सेवा में जाना है, मुमकिन है कि आईपीएस जैसी प्रतिष्ठित सेवा में चुना जाऊँ और तब तो मुझे इस से भी बड़े-बड़े आपराधिक मामले सुलझाने होंगे। आईपीएस वाले विचार ने मुझमें करंट-सा दौड़ा दिया और मैंने फैसला कर लिया कि अब तो हर हाल में मैं सच्चाई का पता लगाकर ही रहूँगा।

मैं शहर की बड़ी-छोटी हर उस तरह की दुकान पर गया जहाँ सिगरेट मिलती थी। पर कोई भी सिगरेट इतने पतले ठूँठ वाली नहीं थी। मेरा दिनभर इसी में चला गया पर कुछ भी पता नहीं चल सका।

अगले दिन मैंने जिला मुख्यालय जाने का निर्णय लिया। लेकिन एक और समस्या थी कि घर पर क्या बोला जाए? अगर घर पर माँ-पिताजी को पता चलता कि उनका बेटा पढ़ाई की जगह किसी डिटेक्टिव की तरह छानबीन करता फिर रहा है, तो वे तो यही समझते कि बच्चे का भविष्य खतरे में है।

पढ़ाई की बात किसी झूठ के बीच में लाना तो नहीं चाहता था पर इसके अलावा कुछ ऐसा था नहीं जो बोलकर जाने की अनुमति मिलती।

"कुछ किताबें हैं, जिनके बिना काम नहीं चल पा रहा है, बहुत जरूरी है लेना। और वे यहाँ तो मिलने से रहीं।"

जिले की भी अधिकांश दुकानें छान मारीं पर वह पतली ठूँठ वाली सिगरेट तो जैसे मंगल ग्रह से आई हो। दुकान पर मिलना तो दूर किसी ने पहले उसे देखा तक नहीं था। सब लोग मुझसे कह रहे थे कि कहीं जुगाड़ बैठे तो ये माल हमारे यहाँ भी पहुँचवा देना।

आखिरकार मैं घर आ गया। रात भर करवटें बदलते हुए बीती। और सुबह फिर चल दिया उसी मकान पर, जो राख हुआ पड़ा था। मैंने वहाँ पड़े कई पतली सिगरेट के ठूठों को देखा, अचानक एक ठूँठ मुझे ऐसा मिल गया जिस पर सिगरेट कंपनी के नाम के कुछ अक्षर स्पष्ट थे। बाकी अक्षर ढूँढ़ने का काम गूगल बाबा ने कर दिया था। वह सिगरेट ताइवान की थी। ताइवान की सिगरेट इस छोटे से शहर में आना बड़ी बात थी।

कुछ-कुछ स्थिति मुझे समझ आने लगी थी पर फिर भी मेरे लिए यही बेहतर

था कि किसी भी निष्कर्ष पर पहुँचने से पहले इस बात की पुष्टि कर लूँ कि जो भी मेरे जेहन में था वह कहीं गलत तो नहीं।

मैं दोबारा थाने गया, और उस दिन हुई हत्या के बारे में दरोगा से पूछने लगा। दरोगा हर बार की तरह टालने वाले अंदाज में गोलमोल बातें कर रहा था। जैसे ही वह दरोगा थोड़ा बाहर की ओर गया, मैंने उसके केबिन में रखे डस्टबिन में से तीन-चार सिगरेट के ठूँठ अपनी जेब में डाल लिए और घर की तरफ चला आया।

रास्ते में मैंने उन ठूँठों पर लिखी स्पेलिंग मिलाई तो मेरा संदेह सही निकला। उस घर के आस-पास भी दरोगा द्वारा इस्तेमाल में लाई जाने वाली सिगरेट के ही अवशेष पड़े हुए थे।

शाम को मैं उस गाँव की ओर चल दिया जो मेरी कॉलोनी से चार किलोमीटर की दूरी पर था। मैंने उस खंडहर हो चुके मकान के आस-पास जितने घर थे सबके यहाँ से लोगों को इकट्ठा कर लिया। पहले तो वे लोग मना करते रहे पर जब उनके सामने 'सिगरेट के ठूँठ' का रहस्य खुला तो वे सब आ गए। मुझे उनमें वो तीन चेहरे भी दिखे जिन्हें कुछ दिन पहले मैंने सलाखों के पीछे देखा था।

"तो दरोगा यहाँ क्यों आता था?"

"का करोगे जान कै भैया, हम लोगन ने भी का कर लओ सब जान कै।" एक बुजुर्ग ने अश्रुपूर्ण भाव से कहा।

"मैं अकेला नहीं हम सब करेंगे। कानून-व्यवस्था है। जिसने गलत किया होगा उसे सजा दिलवाई जाएगी। आप भरोसा रखिए।"

"कानून बिबस्था को ही तो रोवो है सरकार।" जेल से हाल में ही रिहा हुए उन तीन आदमियों में से एक ने कहा।

पूछताछ के दौरान जो पता चला उसने मेरे अंतरतम को दहला दिया था।

घटना से बीस दिन पूर्व उसी सड़क पर, उस मकान के सामने दो ट्रकों की भयानक टक्कर हो गई थी। दोनों ट्रक चालकों की मौके पर ही मौत हो गई थी। जिस घटना के सिलसिले में मौका-ए-वारदात की जगह यह दरोगा तफ्तीश करने आया था। उसी वक्त से सलोनी पर उसकी नजरें पड़ गईं थीं। जब गाँव के लोगों से उसका नाम सुना तो मैं थोड़ा सहम गया। "सलोनी ये नाम, सोचा था कभी पूछूँगा उससे।" मेरे मन में टीस उठी।

दरोगा रोज दोपहर को वहाँ आने लगा था जब लड़की का बाप और चाचा खेत पर काम करने निकल जाते। सलोनी घर के काम-काज के साथ पढ़ाई भी करती थी। इसी साल उसने बीए की दूसरी साल का पेपर भी दिया था।

दरोगा ने कई दिनों तक उस बच्ची को अपनी वासना का शिकार बनाया और उसे धमकी दे डाली कि किसी को बताया तो उसके पूरे परिवार को जान से मार डालेगा।

सात-आठ दिन हुए होंगे कि गाँव में सब जगह ही यह बात फैलने लगी थी, पर दरोगा के सामने जाकर विरोध करने की जुर्रत किसी में न हुई। कुछ दिन बाद जब एक रोज बाप खेत से जल्दी लौटा तो उसने दरोगा को अपने घर देख लिया। वह गुस्से से तिलमिला उठा। उसने दरोगा को चेतावनी दे दी कि वह उसकी रिपोर्ट कर देगा। जरूरत पड़ी तो अपने खेत भी बेच देगा पर उसे किसी कीमत पर नहीं छोड़ेगा।

दरोगा ने बात ज्यादा उठने के पहले ही उसे दबा देना बेहतर समझा। उसी रात घर में आग लगा दी गई थी। दोनों बाप-बेटी तो घर में ही थे पर चाचा खेत पर रुका हुआ था। अगले दिन सुबह जब चाचा खेत से वापस घर जा रहा था तो रास्ते में ही वह भी मरा हुआ मिला।

हाँ वह उसके चाचा थे, जिन्हें मैंने धुंधलेपन में मरते हुए देखा था। गाँव वाले ये सब बातें किसी को बता न दें इसलिए दरोगा ने डरा-धमकाकर गाँव के ही तीन लोगों को गिरफ्तार कर लिया था। ये दिखाने के लिए कि अगर किसी ने जरा भी चूँ-चा की तो जिंदगी भर जेल में बितानी पड़ जाएगी।

इसीलिए वह सब इतने भयभीत थे। पर जब मैं दरोगा का जिक्र उन लोगों तक लेकर पहुँचा तो उनका भी खून खौल गया था। और उनके अंदर के जमीर ने ये सारी घटना मुझे कहलवा दी थी।

यह पूरी वारदात जानने के बाद मुझे समझ में आया कि उस दिन दरोगा मेरे घर इन्वेस्टिगेशन के लिए क्यों आया था। वह तो यह देखने आया था कि कहीं मैंने वह कत्ल होता हुआ देख तो नहीं लिया था। वह तो भला हो जो मैं सुबह की दौड़ पर बिना चश्मे के जाता था। वर्ना, मुझ जैसा प्रत्यक्षदर्शी आज यह घटना सुनाने के लिए कहाँ बच पाता। बहुत मुमकिन था कि दरोगा मेरा नामोनिशान भी किसी सबूत की तरह मिटा देता। आँखों पर लगे जिस चश्मे को मैं अभी तक

अभिशाप समझता आया था आज वही मेरे लिए वरदान साबित हुआ था।

गरीब मरे तो मरने दो, मत करो कोई कार्रवाई। चलो यह तो ठीक था पर गरीब को मार दो, जलाकर या चाकुओं से, सिर्फ इसलिए कि तुम्हें रखा गया है उसी की रक्षा के लिए। कानून व्यवस्था, शासन-प्रशासन पर से इस दरोगा जैसे लोग जाने कितनों का भरोसा उठा देते हैं। ये इन्हीं कुछ लोगों का किया धरा है जो आज भी जब गाँव-देहात में कोई पुलिस का सायरन सुनता है तो यही समझता है कि कौन जाने क्या करने आए हैं।

मेरी अथक मेहनत और एक वकील मित्र की सहायता से पाँच महीने के अंदर हमने उस दरोगा को हत्या और बलात्कार के जुर्म में फाँसी की सजा दिलवा दी थी।

“तूने मुझे पकड़वा दिया, पहले बोला होता तो तुझे पैसों से लाद देता। पढ़ता है न तू। तुझे फिर किसी पढ़ाई की जरूरत नहीं होती।” जज द्वारा सजा सुना देने के बाद वह दरोगा मेरी ओर आकर गुस्से में चिल्लाया।

“मैंने नहीं, तुम्हें पकड़वाया है- तुम्हारे सिगरेट के ठूँठ ने।” मैंने विजयी भाव से सिर्फ इतना ही कहा।

गले नहीं लगाओगे तो मारे जाओगे

"इन नीचों को कितना ही समझा लो पर साफ जुबान सुनने की आदत नहीं है न सालों को। जब तक तीन-चार गालियाँ न खा लें कम्बख्तों को कोई असर नहीं होता।" पगडंडियों के सहारे गाँव से कुछ दूरी पर मौजूद अपने खेत की ओर चलते-चलते ठाकुर ज्ञान सिंह खुद में ही बड़बड़ा रहे थे।

यूँ तो ऐसे बड़बड़ाने वाले दिन कभी आए नहीं थे। पूरे गाँव में ऐसी दबंगई थी कि कोई उनके सामने चूँ नहीं करता था। सामने तो खैर बहुत हो गया उनके बारे में उल्टा-सीधा बोलने की हिमाकत तो पीठ पीछे तक नहीं होती थी। जब कभी ऐसी जुर्रत हुई उसका अंजाम ऐसा था कि एक की मार देख के बीसों के होश ठिकाने आ जाते और ठाकुर ज्ञान सिंह के प्रति उनकी भक्ति और बढ़ जाती। भक्ति, जी हाँ, हर हुक्म की तामील इस तरह से होती थी कि मानो आदेश स्वयं विधाता का हो और काम करने वाले काम नहीं भक्ति कर रहे हों।

गाँव में बहुत-सी जातियाँ थीं पर दुर्भाग्य से हर गाँव की तरह इस गाँव में भी जातियाँ सिर्फ जातियाँ न थीं वे पृथ्वी पर दिमागी रूप से सबसे विकसित माने जाने वाले जानवरों की हैसियत थीं। उठने की, बैठने की, सोने की, जागने की, खाने की, नहाने की और हगने-मूतने की भी।

हर जाति का निश्चित कार्यक्षेत्र था। बंधन को सभ्य जनों की भाषा में कार्यक्षेत्र कहते हैं। हर चीज का बँटवारा था। इंसानों का, भगवानों का, पेड़ों का, फलों का। बँटवारा कुओं का नहीं था बँटवारा तो इस बात का था कि प्यास किसे लगी है? कुएँ भी पानी देखकर पिलाते थे कि वह प्यासा ऊँची जात का है अथवा नीची।

जातियाँ कई थीं। पता नहीं मानवीय सभ्यता में यह दिन कब आया कि उन

इतनी सारी जातियों को किसी ने दो हिस्सों में बाँट दिया और जाने कैसे? और गजब बात तो देखो इन दो वर्गों में जो ज्यादा थे उन्हें ही नीच कह दिया गया। ऐसे दिमाग वाले लोग तो आज भी नहीं मिल सकते। मतलब आप ही बताइए पचास-सौ सीट वाली कोई पार्टी अगर अपना प्रधानमंत्री बना ले तो आप क्या कहेंगे? मजाक? हिमालय के दक्षिण में जो भू-भाग है वहाँ तो यह मजाक सदियों से होता आ रहा है।

ऐसे मनुष्य जिनके शरीर पर अदृश्य किंतु शाश्वत 'ऊँची जाति का टैग' लगा हुआ था वे इस तरह के टैग के बिना धरती पर ईश्वर द्वारा धकेले गए लोगों की तुलना में समृद्ध थे। अपने मकान, अपनी दुकान, अपने खेत और अपने कुएँ थे। ईश्वर की ऐसी अनुकम्पा गाँव की तीन जातियों पर थी। ब्राह्मण, ठाकुर और बनिया। बाकियों के लिए 'धर्म' नाम का एक झुनझुना था जिसे हाथ में पकड़कर ऐसा लगता था कि सब कर्मों का फल है और इस ऊँच-नीच वाले सिस्टम पर उँगली उठाने वालों के लिए भगवान ने दूसरी व्यवस्था कर रखी है, वही जहाँ की आग बहुत प्रसिद्ध है- नर्क की व्यवस्था।

ठाकुर ज्ञान सिंह, ठाकुर खानदान में पैदा होने पर विरासत में मिली इस अभिजात्यता का भरपूर लाभ उठा रहे थे। यह अभिजात्यता जिसमें सामने वाले को गालियाँ बक दो और वह जी साहब, गलती हो गई साहब कहे। सामान्यत: ऐसा होने की सिर्फ एक स्थिति है कि वह सामने वाला आदमी आपका नौकर हो। पर हिमालय के दक्षिणी भाग में इसकी दूसरी स्थिति भी है कि वह सामने वाला प्राणी 'नीच जात' का हो।

गाँव में पिछले कई सालों से सरपंची के चुनाव की सीट अनुसूचित जाति से हुआ करती थी। पर पिछले साल यह सामान्य वर्ग के लोगों का पर्चा आमंत्रित कर रही थी। ठाकुर ज्ञान सिंह बड़े उत्साहित थे इसे लेकर। बड़ा मन था कि अबकी गाँव के सरपंच वह बनेंगे। पर उनके जेहन में एक नाम और था। जिसका डर था कि वह उनके खिलाफ मोर्चाबंदी कर सकता है। वह नाम था- पंडित प्रहलाद शास्त्री का।

पंडित जी का नाम प्रहलाद था पर भक्त शंकर के थे। हर दिन ही घंटों 'अपने' मंदिर में शिवलिंग के सामने बैठकर शिवजी का जाप करते। सोमवार को तो विशेष अभिषेक होता- बेलपत्र, अकौआ, धतूरा और दो-तीन लीटर दूध।

महादेव के जितने बड़े भक्त थे महादेव की कृपा भी उतनी ही थी।

गाँव में हर जगह सम्मान था। शादी-विवाह का मुहूर्त देखना हो या बच्चे का मुंडन संस्कार उनके श्री चरण उस घर की देहरी न चढ़ें ऐसा कभी नहीं हुआ। वैसे तो इतने सालों में गाँव में बहुत जमीन बना ली थी और अच्छी-खासी तादाद में काम करने वाले लोग भी थे, लेकिन इस कमाई का अपना आंनद होता है। ऐसी कमाई पाने का विशेषाधिकार हर किसी के 'कार्यक्षेत्र' में कहाँ आता है।

देने वाले सिर्फ पांडित्य का काम कराने के बाद ही देते हों ऐसा नहीं था। गाँव वालों की नजर में वे भोले बाबा के विशेष सेवक थे। इतनी तन्मयता से मंत्रोच्चार करके अभिषेक करते थे कि सबको लगता भगवान को अपनी अर्जी खुद देने से अच्छा है पंडित जी की सिफारिश के साथ दी जाए। मंत्रोच्चार और पूजा-पाठ, आखिर भगवान भी तो यही देखकर निर्णय करेंगे कि बिरजू के लड़के को शहर में काम दिलवाना है या नहीं। और तीन बच्चियों के बाप कल्लू की लुगाई के पेट में जो बच्चा है कम-से-कम इस बार तो लड़की नहीं होनी चाहिए।

ठाकुरों की अभिजात्यता से पंडितों की अभिजात्यता अलग थी। ठाकुर तीखी तलवार थे तो पंडित मीठी छुरी। एक का काम लाठियों के जोर पर होता था तो दूसरे के काम में जोर ऊपर वाले का था। लोगों को लगता कि उनका काम न करने पर लाठी ऊपर वाले की पड़ेगी। जिस लाठी की मार इस जन्म में तो क्या अगले कई जन्मों तक पड़ती रहेगी। और उसकी मार सहना सबके बस में कहाँ?

गाँव में जिस साल सरपंच का चुनाव सामान्य वर्ग की सीट पर होना था संयोग से उसी साल पंडित प्रहलाद शास्त्री के भतीजे का तबादला उसी तालुके में हो गया था।

चुनाव के लिए पर्चा दाखिल करते वक्त कुछ शुभचिंतकों ने ठाकुर ज्ञान सिंह को बहुत समझाया कि पंडित प्रहलाद शास्त्री के खिलाफ लड़ने से बचना चाहिए। उनका भतीजा इसी तालुके में बतौर एसडीएम काम कर रहा है। पर बड़े दिन बाद यह सीट सामान्य वर्ग की हुई थी, ठाकुर साहब सारे जोखिमों को नजरंदाज करते हुए लोगों का हुजूम लेकर पर्चा दाखिल करवाने तहसील आ गए। उस दिन खेत के सभी मजदूरों को आधे दिन की छुट्टी थी। लोगों में भौकाल तो तभी बनेगा जब भीड़ ज्यादा हो।

ज्ञान सिंह को पर्चा दाखिल करने के दो दिन बाद पुलिस किस जुर्म में उठा

ले गई ये तो किसी को मालूम नहीं पड़ा था, पर पूरे गाँव के लोगों को उस दिन बड़ा सुकून मिला। बुरे कर्म करके ऊपर वाले के न्याय से कोई कब तक बच सकता है। गाँव का हर आदमी उस दिन इसी वाद-विवाद में लगा हुआ था।

रात को गाँव पधारे तो ठाकुर साहब के पैरों में कुछ लड़खड़ाहट थी। अगले दिन लोगों को खबर मिली कि ठाकुर ज्ञान सिंह ने सरपंची के चुनाव से अपना नाम वापस ले लिया है। अगर पर्चा न भरा होता तो कुछ न बिगड़ता पर इस तरह से नाम वापस लेने पर वर्षों से गाँव में जो रौब-रुतबा बनाकर रखा था सब एक ही झटके में मिट्टी में मिल गया था। अब कुछ भी पहले जैसा नहीं रहा था अब तो उन्हें पुलिस द्वारा पकड़कर ले जाने के किस्से तरह-तरह की लाग-लपेट के साथ गाँव भर में चर्चा का विषय बन गए थे।

अब तो उनके खेत पर काम करने वाले नीची जाति के लोग खाना खाते वक्त आपस में ठिठोलियाँ करते हुए बड़े आराम-आराम से खाते। और उसके बाद पेड़ की छाँव में सुस्ताने भी लगते। इस घटना के बाद ठाकुर ज्ञान सिंह का खौफ इस कदर खत्म हो चुका था कि कामगार उनके सामने ही बड़ी ढिठाई से बैठे रहते। थोड़ी कहा-सुनी होने के बाद ही काम पर लगते।

ठाकुर ज्ञान सिंह मन-ही-मन इन कामगारों को कोसते हुए अपने खेत की तरफ बढ़ रहे थे कि तभी सामने से एक आहट हुई। कोई चीज उनके सामने से बड़ी तेजी से गुजरी।

ज्ञान सिंह ने बड़बड़ाना बंद किया और वहीं रुक गए। उनके सामने एक हृष्ट-पुष्ट लड़का आकर खड़ा हो गया और बोला, "ठाकुर गले नहीं लगाओगे हमें।"

ज्ञान सिंह के चेहरे के हाव-भाव उड़ गए। पसीने की कई रेखाएँ चेहरे से होती हुई जमीन पर गिरने लगी और वह पीछे की ओर मुड़कर दौड़ने लगे। ठाकुर साहब बेतहाशा भागे जा रहे थे। सामने का वह रास्ता जो गाँव की ओर जा रहा था एकदम वीरान था।

कुछ ही सेकेंडों में वह आदमी दूसरी तरफ उनके सामने खड़ा था। इस बार उसके हाथ में एक डंडा था। इससे पहले की ठाकुर ज्ञान सिंह कुछ करने की अवस्था में आते डंडे का एक तेज वार ठीक उनके गले पर हुआ। वार इतना जोरदार था कि उस एक ही प्रहार से उसी क्षण उनकी देह ने प्राण त्याग दिए।

"हेलो, इतनी सुबह-सुबह फोन कर रहे हो यार! नींद तो पूरी हो जाने देते।" निशांत ने एक आँख से मोबाइल स्क्रीन पर सुधीर का नाम पढ़ते हुए कहा।

"कल रात मेरे मामा की मौत हो गई सर, उस सिलसिले में।"

"क्या! कौन मामा? ओह अच्छा! बुरा हुआ! ठीक है, आज ऑफिस मत आना, मैं बोल दूँगा।"

"छुट्टी तो आपको भी लेनी होगी निशांत सर।"

"अबे गजब कर रहे हो मैं क्या करूँगा? मुझे तो आज एक इंटरव्यू लेने जाना है।"

"सर जी पहले पूरी बात तो सुन लो। मामा का मर्डर हुआ है, वह भी किसने किया पता है- एक भूत ने।"

"हैं! क्या बकवास कर रहे हो? सुबह-सुबह कोई और नहीं मिला क्या तुम्हें?"

"गाँव वालों का तो यही कहना है सर। जो भी हो हमें क्या, हमें तो एक अच्छी-खासी न्यूज मिल रही है अपने शो के लिए।"

"ओह! ऐसा क्या... चलो अपने कैमरे के साथ तैयार रहना, आता हूँ कुछ देर में पिक करने।"

"आदमी जिंदगी भर कमाता है, ऊँची इमारतों वाले घरों में रहता है, बड़ी-बड़ी गाड़ियों में घूमता है, लेकिन जब वह सामने आती है तो कुछ खबर नहीं लगती एक पल में जीता-जागता धड़ सिर्फ माँस का टुकड़ा रह जाता है। जी हाँ, हम बात कर रहे हैं मौत की। नमस्कार! मैं हूँ निशांत तिवारी, आप देख रहे हैं न्यू इंडिया टीवी का बेहद लोकप्रिय शो एक मौत ऐसी भी। आज हम बात करेंगे एक ऐसी मौत के बारे में जिसके लिए कहा जा रहा है कि मारने वाला न कोई इंसान था और न ही वह कोई जानवर, बल्कि वह एक भूत था। आप कहेंगे ये अंधविश्वास है, पर ये इस गाँव के लोगों के लिए जिंदगी और मौत का सवाल है। आइए गाँव के लोगों से ही पता करने की कोशिश करते हैं कि वे इस रहस्यमयी मौत के बारे में क्या जानते हैं।"

निशांत ने जैसे ही अपनी बात खत्म की सुधीर ने कैमरे पर जूम आउट करके

फ्रेम में आस-पास खड़े गाँव के लोगों को भी शामिल कर लिया।

"जी पहले अपना नाम बताइए, फिर बताइए कि आपको क्या लगता है, कल की मौत के पीछे क्या वजह रही होगी?" निशांत ने अपने हाथ से माइक एक आदमी की ओर बढ़ाते हुए कहा।

"साब... हमाओ नाव बुद्धू कोली है। कोई पहली बार नईं मरो ऐसे... पिछले दस दिनन में ऐसी चौथी मौत है। हमने तो पहले ही कही थी के खेत की तरफ वाले रस्ते में जो पेड़ है बा पे ठुकी कील निकल गई है, कछु अनहोनी हो सकत है, पर काऊ ने न सुनी। अब भुगतेंगे सब।"

"अच्छा तो आपको लगता है कि कील निकलने से कोई आत्मा आजाद हो गई है और ये सब उसी ने किया है?"

"एसौ ही है साब।"

"देखिए गाँव वालों में कितना खौफ का माहौल है और लोगों का कहना है कि पिछले कुछ दिनों में इस तरह तीन लोग और मारे जा चुके हैं। चलिए अब किसी और से बात करते हैं...। हाँ भाई साहब, आप बताइए आपको क्या लगता है ये कील वाला माजरा सही है क्या?"

"सर जी कील वाली बात तो नहीं पता पर... गाँव से खेत के रस्ते में एक कुआँ है, पिछले कई सालों से सूखा पड़ा है रात को उसमें से किसी चुड़ैल के चीखने की आवाजें आती हैं। मेरी बात मानिए सब कुछ उसी का किया धरा है।"

"एक के बाद एक अलग-अलग तरह की बातें सामने आ रही हैं। बहरहाल हुआ कुछ भी हो लेकिन दर्शकों से अपील करता हूँ कि ऐसे किसी वीरान कुएँ के पास अगर जाना हो तो चौकन्ना होकर जाइए। कहीं ऐसा कुछ आपके साथ न हो जाए। आगे बढ़ते हैं इन महोदय से पूछते हैं... आपका क्या विचार है इस पूरी घटना के बारे में?" निशांत ने अपना माइक और सुधीर ने कैमरा एक दाढ़ी वाले आदमी की ओर घुमा दिया।

"देखिए जनाब हमने पहले भी ऐसे बहुत मामलात देखे हैं, जहाँ किसी चुड़ैल ने या भूत ने किसी की जान ली हो। हमने तो पुलिस से कहा भी था कि लाश का थोड़ा-सा खून लेकर उसे सड़े हुए टमाटरों और नींबू के रस से बने हुए घोल में डालकर देखा जाए, अगर खून हरा हो गया तो समझो कोई आत्मा का चक्कर है। पर हमारी किसी ने नहीं मानी।"

"एक मौत ऐसी भी की इस रहस्यमयी गुत्थी का सफर जारी रहेगा। आज के इस शो में इतना ही कल फिर मिलते हैं इसी समय।"

सुधीर सात साल बाद अपने मामा के घर आया था, वह भी उनकी रहस्यपूर्ण मौत की खबर को टीवी के एक न्यूज शो पर दिखाने के लिए।

शोक प्रकट करने आए तमाम रिश्तेदारों में से अधिकांश जा चुके थे। कुछ जो थे उनके सोने की व्यवस्था एक हॉल में की गई थी। सुधीर और निशांत के लिए एक अलग कमरे की व्यवस्था की गई थी।

रात के दस बज रहे थे और न सिर्फ ज्ञान सिंह के परिवार वाले और रिश्तेदार बल्कि पूरे गाँव की रात हो चुकी थी, सभी सो चुके थे। पर सुधीर और निशांत ठहरे शहरी दिनचर्या के आदी उन्हें इतनी जल्दी नींद कहाँ आने वाली थी। उनकी रात होने में तो अभी काफी वक्त था।

दोनों बाहर टहलने निकल आए। गाँव के इस माहौल में रात के समय चल रही हवाएँ पूरे शरीर को रोमांचित किए जा रही थीं। शहर के एयर कंडीशनरों में ऐसी बात कहाँ थी। गाँव के इस प्रकृतिचित्त वातावरण में उन्हें इतना आनंद आ रहा था कि उनका मन वापस लौटने का हो ही नहीं रहा था।

टहलते-टहलते दोनों थोड़ी दूर निकल आए। वह उसी रास्ते पर जा रहे थे जो रास्ता लोगों को खेतों तक ले जाता था।

दोनों चल ही रहे थे कि अचानक निशांत का पैर रास्ते में फैले गोबर पर पड़ा और उसकी चप्पल और पैर गंदे हो गए। आस-पास नजरें दौड़ाने पर निशांत को एक ओर हैंडपंप दिखा और वह उस तरफ मुड़ गया। सुधीर खेत वाले रास्ते की ओर सीधा निकल गया।

निशांत पहले हैंडपंप चलाता फिर हैडपंप के मुँह की ओर जाकर गिरने वाली धार से अपने पैरों को साफ करता। गोबर ज्यादा लगा था इसलिए उसे हैंडपंप बार-बार चलाना पड़ रहा था। तभी वहाँ चौबीस-पच्चीस साल का एक लड़का आया।

"रिपोर्टर साहब मैं मदद किए देता हूँ आपकी।"

उसकी आवाज सुनकर निशांत चौंक गया। थोड़ी देर पहले तक तो वहाँ कोई नहीं था और अचानक से ये लड़का वहाँ खड़ा था। निशांत इस सोच-विचार

में था तब लड़के ने उस हैंडपंप के डंडे को पकड़कर चलाना चालू कर दिया। निशांत ने अपने पैर और चप्पल धोना जारी रखा।

"शुक्रिया!" निशांत ने गौर से उस लड़के को देखा।

"क्यों, गले नहीं लगोगे? लेकिन तुम्हें बता दूँ कि मैं निचली जाति से आता हूँ और तुम ब्राह्मण हो।" लड़के ने अपनी बाजुएँ फैलाते हुए बोला। निशांत ने कहा, "अरे बिलकुल भाई क्यों नहीं।" और उस लड़के को गले लगा लिया।

निशांत के गले मिलने के बाद उस लड़के की आँखों में आँसू आ गए।

"अरे तुम रो क्यों रहे हो?"

"सोचा नहीं था, मुझे इतनी जल्दी मुक्ति मिल जाएगी।"

"क्या मुक्ति? मतलब?"

"रुको एक मिनट अब देखो।" यह कहने के बाद उस लड़के का गला जो तब तक सामान्य दिख रहा था अचानक से परिवर्तित होकर लटक गया, जैसे उसकी गर्दन की हड्डी टूट गई हो और एक चोट का निशान भी गर्दन पर दिख रहा था। टूटी हुई गर्दन और चोटों के साथ वह लड़का बहुत वीभत्स लग रहा था।

निशांत घबराकर पीछे हट गया। उसे समझ नहीं आ रहा था कि ये सब क्या है।

"अरे! तुम घबराओ नहीं, अब मैं तुम्हें कुछ नहीं करूँगा।"

"लेकिन तुम्हारी गर्दन को क्या हुआ? क्या तुम वही भूत हो जिसने गाँव के चार लोगों की जान ली है?"

"हाँ।"

"लेकिन क्यों किया ऐसा?"

"यहाँ नहीं बता सकता। तुम्हारा वह कैमरामैन आता होगा। एक मिनट रुको मेरा हाथ पकड़ो।"

अगले ही क्षण वे दोनों गाँव से खेत को जाने वाले रास्ते में आने वाले वर्षों से उजड़े एक कुएँ के अंदर थे। लड़के ने बोलना शुरू किया और घबराया हुआ निशांत उसकी बात सुनने को मजबूर था।

कुछ बच्चे आम के एक पेड़ के नीचे खड़े थे। बहुत से पत्थर आमों की तरफ उछाले जा रहे थे पर आमों को जैसे कोई फर्क ही नहीं पड़ रहा था। उन

बच्चों की घनघोर मेहनत को देखकर डाली पर लगे किसी आम को लेशमात्र भी दया नहीं आ रही थी। वे उस डाल से अलग होने का नाम ही नहीं ले रहे थे।

अपने छोटे-छोटे हाथों से निशाना तो ऐसे साधते जैसे एक बार में ही पूरे पेड़ को फलों से रहित बना देंगे। पर जब पत्थर फेंका जाता तब या तो पर्याप्त ऊँचाई नहीं मिल पाती या फिर वह निशाना आमों के आस-पास से गुजर जाता। और जब कभी-कभार कोई पत्थर किसी आम से टकराता तो बड़ी आस से बच्चे उस आम को ताकते कि अब गिरेगा पर एक भी आम नीचे नहीं आया। बच्चे मायूसी से वापस लौटने लगे।

तभी वहाँ उनकी ही उम्र के जैसे सात-आठ साल का एक बच्चा आया। वह लड़का कुछ ही मिनटों में पेड़ पर चढ़ गया। उसने पेड़ से दो आम जो पूरी तरह पक गए थे अपनी जेब में डाले और पेड़ से उतरने को हुआ तब नीचे खड़े बच्चे उससे गुहार लगाने लगे कि वह कुछ आम उनके लिए भी तोड़ दे।

पेड़ पर चढ़े हुए लड़के ने बोला, "ठीक है पर मेरी एक शर्त है।" सारे बच्चे उसी की ओर मुँह किए हुए थे और उस शर्त को सुनने के लिए उतावले होकर उसकी ओर देख रहे थे।

"तुम लोग जब मुझे गले लगाओगे तभी मैं आम दूँगा, वह भी जितने आम तुम चाहोगे उतने।"

बच्चे झेंप गए। जिन आमों के लिए वे पिछले एक घंटे से मशक्कत कर रहे थे उनके बदले इस लड़के से गले लगना उन्हें महँगा सौदा जान पड़ रहा था। वे लटके हुए चेहरे के साथ अपने-अपने घर को रवाना हो गए।

"तो इसका मतलब नीरू ने एकदम सही कहा था। क्योंकि हम नीची जाति से हैं, वे लोग हमें गले नहीं लगा सकते।" उसे अपने दोस्त नीरू की बात याद आई जिसमें उसने बताया था कि कितनी भी कोशिश कर लो हम नीच जात वालों को वे गले नहीं लगा सकते। सामाजिक भेदभाव वाले इस संसार से उस अबोध बालक का यह पहला परिचय था। अब उसके शब्दकोश में भी ऊँच-नीच वाले शब्द जुड़ गए थे। अब उसका संदेह सच में बदल गया था।

वह पेड़ से उतरकर घर की तरफ बढ़ा। उसने अपने बाप से पूछा कि आखिर ऐसा क्यों है? हम उन लोगों के बराबर क्यों नहीं हैं? जिसका जवाब उसे मिला कि यह भगवान की इच्छा है उन्होंने ही हमें 'नीच' बनाया है। उसने

फिर पूछा कि अगर भगवान ने हमें नीच बनाया है तो फिर हम उसकी पूजा क्यों करते हैं? इसका जवाब उसके बाप के पास नहीं था। फिर भी वह बोला क्योंकि हमारे पूर्वज भी ऐसा ही करते आ रहे हैं। और अगर तुझे इससे ज्यादा जानना है तो पढ़ाई-लिखाई कर, इसका जवाब तू तभी जान पाएगा।

इस घटना ने उस बच्चे का पूरा जीवन बदल दिया। अभी तक पढ़ाई से दूर भागने वाले उस बच्चे ने जवाबों की तलाश में गाँव की प्राथमिक शाला में जाना शुरू कर दिया। यहाँ भी उसका बचपन जातियों के खेल का शिकार होता रहा। ऊँची जाति के बच्चों के लिए बैठने से लेकर पानी पीने तक की व्यवस्था अलग थी। और निचली जातियों के तो गिनती के तीन बच्चे ही स्कूल जाते थे।

कुछ दिनों बाद उस लड़के ने गौर किया कि स्कूल में मिलने वाले खाने के लिए अब सिर्फ तीन ही बच्चे आते हैं। बाकियों ने खाना खाने से मना कर दिया था। अधिक हैरान कर देने वाली बात तो यह थी कि बच्चों के खाना खाने का विरोध न सिर्फ बनिया, ब्राह्मण और ठाकुरों ने किया बल्कि यादव, लोधी और कुर्मी जाति के लोग भी कंधे से कंधा मिलाकर उनका साथ दे रहे थे।

दरअसल बात यह थी कि गाँव के स्कूल में सरकार की मध्याह्न भोजन की व्यवस्था के तहत कुछ दिन से खाना बनाने का काम जिस आदमी को मिला था वह जाति से चमार था। ऊँची जातियों से आने वाले बच्चों के माता-पिता ने उनका सरकारी व्यवस्था वाला खाना बंद करवा दिया। एक नीच आदमी के हाथों से बना खाना उनके बच्चे कैसे खा सकते थे? इस वाकिये से उस बच्चे को ज्ञात हुआ कि यह जाति नाम का जहर उसके गाँव के परिवेश में किस हद तक घुल-मिल गया है।

पाँचवीं के बाद की पढ़ाई के लिए पास के कस्बे में जाना होता था। पढ़ाई के प्रति उसकी लगन देखते हुए उसके बाप ने भी उसे वहाँ भेज दिया। कस्बे में भी उसे कमोबेश वैसा ही माहौल देखने को मिला। जब स्कूल में लंच टाइम होता तो सब लोग मिलकर खाते पर उसे अलग बैठकर खाना होता। इस नये स्कूल में अपनी क्लास में वह अकेला ही छोटी जात का था।

कस्बे के स्कूल से उसकी बारहवीं तक की पढ़ाई पूरी हो गई। इतना पढ़ने के बाद भी उसे अभी तक इस सवाल का जवाब नहीं मिला था कि आखिर इतनी सारी जातियों का अवतरण किस तरह हुआ है? क्या यह काफी नहीं था

कि हमारी एक ही जाति रहे इंसानियत की? क्या सच में इन्हें भगवान ने ही बनाया है? पर उसे अपनी कक्षाओं के पाठ्यक्रम में इस बारे में कुछ भी जानने को नहीं मिला।

अब और आगे की पढ़ाई कर पाना उसकी हैसियत के बाहर था क्योंकि कॉलेज के लिए तो शहर जाना होता था। उसने तय किया कि आगे की पढ़ाई करने के लिए वह कुछ पैसे जोड़ेगा जिसके लिए उसे एक नौकरी की तलाश थी।

उसकी तलाश एक लाइब्रेरी अटेंडेंट के रूप में खत्म हुई, जहाँ वह लोगों को उनका नाम और पता दर्ज करने के बाद किताबें दिया करता था। लोग वहीं बैठकर किताब पढ़ते और फिर उसे वापस करते हुए घर की ओर जाते।

उस वक्त गिने-चुने लोग ही लाइब्रेरी में किताब पढ़ने आते थे। उसे वहाँ काफी वक्त मिलता था, जिस खाली समय को गुजारने के लिए वह वहीं से किताब उठाकर पढ़ने लगता।

एक दिन उसके हाथ में एक किताब लगी जिसका नाम था- 'एनिहिलेशन ऑफ कास्ट'। यह किताब डॉक्टर भीमराव अंबेडकर द्वारा लिखी गई थी। उस लड़के के हाथ कुछ ऐसा लग गया था जिससे उसके सारे सवालों का समाधान होने वाला था।

कुछ ही दिनों में उसने पूरी किताब पढ़ डाली, जिससे उसे समझ आया कि कैसे कुछ लोगों ने शोषण को स्थायी स्वरूप देने के लिए इस जाति व्यवस्था को जन्म दिया। जिससे वे और उनकी आने वाली पीढ़ियाँ इस विशेषाधिकार का लाभ उठा सकें। इसके लिए धार्मिक ग्रंथों का सहारा लिया गया जिसके द्वारा एक ऐसे समाज की नींव रखी गई जहाँ जन्म से ही व्यक्ति की समाज में हैसियत तय होने लगी। उसे पता चला कि जाति व्यवस्था क्या है, इंसानों द्वारा बनाई गई एक ऐसी व्यवस्था जिसमें उनके सारे काले कारनामों को धर्म और भगवान की चादर ओढ़ाकर हमेशा-हमेशा के लिए जायज ठहरा दिया गया।

वह अंबेडकर के इस विचार से भी परिचित हुआ कि सामाजिक और आर्थिक आजादी के बिना राजनीतिक आजादी का कोई मोल नहीं है।

इसके बाद अंबेडकर के विचारों को लेकर वह अपने गाँव पहुँचा जहाँ से उसके जीवन में भेदभाव की शुरुआत हुई थी।

पिछड़ी जातियों से आने वाले अधिकतर लोग खेती करते थे। कुछ के पास खुद की जमीन थी तो कुछ लोग दूसरों के खेत में मजदूरी करते थे। लेकिन दोनों ही तरह के लोगों की हालत में कुछ खास अंतर नहीं था।

खेती करने वाले किसानों को बीज, खाद की आवश्यकता होने पर या किसी बैल के बीमार होने पर पैसों की जरूरत पड़ती थी, जिसके लिए वह मजबूर होकर साहूकारों के पास जाते थे। ये साहूकारी का काम आमतौर पर गाँव की बनिया जाति के लोग करते थे। अपनी ऊँची ब्याज दरों का जाल बिछाकर ये लोग उनकी मजबूरी का ऐसा फायदा उठाते कि गाँव का अमूमन हर किसान ही उनके कर्ज के भारी बोझ में दबा रहता था।

दूसरी ओर खेतों में काम करने वाले खेतिहर मजदूर थे। दिनभर खेतों पर जी तोड़ मेहनत करनी होती और कभी-कभी खेतों के मालिक के यहाँ बेगार भी करनी पड़ जाती। बदले में जो मिलता था वह इतना कि बस किसी तरह जिंदा बने रहते।

शहर से आए उस लड़के ने कुछ दिन गाँव के इस परिदृश्य को समझा और फिर अपने आर्थिक आजादी के चश्मे को इन लोगों की आँखों में चढ़ाना चालू कर दिया।

लड़के ने बारहवीं कला संकाय से की थी, जिससे मार्क्सवादी विचारों का भी उसे अच्छा ज्ञान था। मार्क्स के मजदूरों की यूनियन उसे अपने गाँव के इन किसानों में और खेतिहर मजदूरों में स्पष्ट रूप से दिखाई दे रही थी।

शुरू में तो उन लोगों का रुझान उसकी बातों की ओर बिलकुल नहीं हुआ पर शोषण का यह स्तर हर वक्त ही अपने चरम पर रहता था। धीरे-धीरे गाँव वालों को उसके क्रांतिकारी विचारों में अपनी बदहाली से बचने का कोई रास्ता दिखने लगा था।

वह इन सभी लोगों को अपने विचारों के आकर्षण में बाँधने में कामयाब हो गया। उसकी सलाह के अनुसार खेतिहर मजदूरों ने मेहनताने का भुगतान एक निश्चित नकदी में करने की माँग कर दी तो दूसरी ओर किसानों ने महाजनों से बोल दिया कि ब्याज की दर को एक निश्चित स्तर तक कम कर दिया जाए। ऐसा न करने पर सारे खेतिहर मजदूर अगले दिन से खेतों पर काम करना बंद करने वाले थे। वहीं किसानों ने महाजनों से बोल दिया कि अगर उनकी माँग न

स्वीकारी गई तो वह पिछला बकाया भी नहीं देंगे।

पिछड़ी जातियों की इस एकता को तोड़ने का प्रयास तीनों अगड़ी जातियों ने भरपूर किया, पर मार्क्स के विचारों की घुट्टी उन पर से नहीं उतरी। मजबूरन उनकी बात माननी पड़ गई। इस गाँव में एक छोटी-सी क्रांति करने के बाद लड़के का उत्साह और भी बढ़ गया था। लेकिन अब वह लड़का उन 'बड़ी जात' वाले लोगों की आँखों पर चढ़ चुका था।

इस सबसे जिनका सर्वाधिक नुकसान हुआ था वे गाँव के दो लोग थे क्योंकि गाँव की जितनी जमीन खेती के लायक थी उसमें से आधी जमीन तो इन्हीं दोनों के पास थी। वे थे पंडित प्रहलाद शास्त्री और ठाकुर ज्ञान सिंह।

इस एक लड़के की वजह से गाँव के उत्तरी ध्रुव और दक्षिणी ध्रुव जैसे ये दो लोग एक दूसरे के साथ आ गए थे और इससे पहले की बात और बिगड़े वे उस लड़के का कुछ स्थायी इलाज करना चाहते थे।

लड़के ने पिछड़ी जाति के लोगों को इस आर्थिक मोर्चे की लड़ाई के बाद सामाजिक मोर्चे की लड़ाई के लिए तैयार करना शुरू कर दिया था। जो गाँव वाले अब तक सिर्फ यह जानते थे कि भीमराव अंबेडकर एक महापुरुष हैं, अब यह भी जानने लगे थे कि ऐसा क्यों है। अंबेडकर ने जाति के बंधनों को अपनी कमजोरी नहीं माना बल्कि उन्होंने इस व्यवस्था को उन लोगों की कमजोरी माना जो इसके आधार पर शोषण की व्यवस्था को जारी रखना चाहते हैं। किसी पिछड़ी जाति में पैदा होने की वजह से अपराधी हम नहीं हैं बल्कि अपराधी तो वे लोग हैं जो जाति के नाम पर भेदभाव करते हैं।

इसी सिलसिले में वह एक दिन कुछ लोगों की भीड़ को समझा रहा था कि हमारे बारे में तथाकथित अगड़ी जाति के लोगों की सोच बदलने से पहले यह जरूरी है कि हम अपनी मानसिकता बदलें। अगर हम खुद ही मन में मानकर बैठे हैं कि हम नीच हैं और भगवान ने हमें ऐसा बनाया है तब कोई और हमें नीच बोले तो क्या गलत है? पहले खुद बदलो तभी तो जग बदलेगा।

लड़का यह बोल ही पाया था कि तभी वहाँ तीन-चार लोग जो रात के अँधेरे में कम्बल में छिपकर बैठे हुए थे अचानक से बाहर निकल आए। उन्होंने उस लड़के से कहा-सुनी करना चालू कर दिया और जब उसके तर्कों का जवाब उनके पास नहीं था तो वे उसे गालियाँ देने लगे। तब लड़का बोला, "आपको

जिन्हें गले लगाना चाहिए आप उन्हें गालियाँ दे रहे हैं।" लड़के ने जैसे ही ये शब्द अपने मुँह से निकाले, एक सनसनाता हुआ डंडा उसकी गर्दन पर इस ध्वनि के साथ पड़ा - "तुम जैसों के गले तो हमारा डंडा ही लग सकता है।"

उस डंडे का प्रहार इतना तीव्र था कि लड़के की गर्दन की हड्डी टूट गई और उसका निर्जीव शरीर वहीं गिर पड़ा।

"ओह! तो तुम्हारी किसी सवर्ण जाति के व्यक्ति से गले लगने की इच्छा अधूरी रह गई थी, इस वजह से तुम आज...।" निशांत ने लड़के की पूरी कहानी सुनने के बाद कहा।

"बात सिर्फ मेरी नहीं हैं। देश के हर गाँव, हर गली में ऐसे लोग हैं। किसी की इच्छा उनके बराबर बैठने की है तो किसी की उनसे इज्जत के दो शब्द सुनने की। जाने कितने ही बचपन सिर्फ इस आस में गुजरते हैं कि वे उनके साथ बैठकर खाना खा पाएँ। जब उस जाति में पैदा होना उन्होंने नहीं चुना है, वह उनका दोष नहीं है, फिर जीवनभर सजा किस बात की मिलती है?"

"इन रूढ़िवादी विचारों की वजह से कितना कुछ खोया है हमारे देश ने। शहर में तो हालात अच्छे हैं। वहाँ से तो मुझे पता ही नहीं चलता कि गाँवों में जाति का ये उन्माद लोगों पर इस कदर हावी है कि वे दूसरों की जान तक ले लेते हैं।"

"अच्छा, क्या तुम मेरा एक काम करोगे?"

"हाँ, बिलकुल।" निशांत सोच रहा था कि क्या एक भूत को वाकई मना किया जा सकता है?

"इस पूरी घटना को टीवी पर दिखाने की जगह अपने किसी कहानीकार मित्र को सुना देना। कहानी के माध्यम से लोगों तक ये पूरी बात भी पहुँच जाएगी और उसे साबित भी नहीं करना होगा। वरना भूत की ये स्टोरी सच बताकर दिखाओगे तो लोग तुम्हें पागल समझेंगे।"

कहानी कहानीकार की

प्रेमचंद ने हामिद को कैसे ढूँढ़ लिया? और उसका चिमटा? आखिर इतनी जबरदस्त कल्पना भी कोई कैसे कर सकता है? और अगर हकीकत में ढूँढ़ा जाए तो भी ऐसा होना मुझे मुश्किल ही लगता है।

हो सकता है इसके आस-पास का कुछ हुआ हो। किसी गरीब घर के बच्चे के पास एक भी खिलौना नहीं होता होगा और वह दिन-रात रोता रहता होगा खिलौने के लिए। उसकी बूढ़ी दादी से ये रोना नहीं देखा जाता होगा। एक रोज उसने रसोई में रोटियाँ बिना चिमटे के बनाई होंगी और खेल रहा होगा कोई हामिद उस चिमटे से। संभवत: ऐसा ही कोई घर प्रेमचंद के आस-पास रहा हो और चिमटे वाले बच्चे पर उनकी नजर पड़ गई हो। हालाँकि इन सबके बावजूद ऐसी कहानी लिखना मेरे बस की तो बात नहीं।

लेकिन कहानी लिखना भी बहुत जरूरी हो चला है। दो रोज का राशन और बाकी है, इसके बाद का इंतजाम तो हर हाल में करना होगा। एक कहानी से हफ्ते के सात दिन की गुजर होती है। कई बार संपादक महोदय को पत्र लिखकर बोला भी है कि महाशय कृपा करके ये मेहनताना बढ़ा दीजिए। इतने कम रुपये में तो सात दिन आधा पेट रहकर गुजारने पड़ते हैं। और अगर किसी हफ्ते पत्रिका में कहानी नहीं छप पाई तो उधारी से पेट भरना पड़ता है। पर संपादक जी का कहना है कि आजकल पत्रिकाएँ पढ़ने में पाठकों की रुचि नहीं रह गई है। कई बड़ी पत्रिकाओं का प्रकाशन दशक के अंदर ही बंद हो चुका है।* ऐसे में अगर रचनाकारों को ही सब पैसे बाँट दिए जाएँ तो प्रिंटिंग और ऑफिसों के मेंटेनेंस

---

* उदाहरण के लिए हाल ही में कादम्बिनी और नन्दन जैसी प्रतिष्ठित पत्रिकाओं का बंद होना

का खर्चा कहाँ से निकलेगा?

सवा महीने हुए होंगे जब दो हफ्ते से कोई कहानी नहीं लिख पाया था। इतनी बेबसी हो गई थी कि घर के बर्तन तक बेचने की नौबत आ गई थी। वह तो भला हो पास वाले शर्मा जी का जो पत्रिकाओं के शौकीन हैं। उनसे देखा नहीं गया कि एक कहानीकार के ये दिन आ गए हैं और उन्होंने मदद कर दी। वरना आजकल कहानीकारों को पूछता ही कौन है?

ऐसा भी नहीं है कि ये बदतर समय अभी ही आया हो। हकीकत तो यह है कि बचपन ही से यह जिंदगी फटेहाल बीती है। बचपन में पिताजी एक ठेला लेकर दिन-दिनभर चिलचिलाती धूप में गली-गली आवाजें लगाते फिरते थे- 'टूटा-फूटा, लोहा-लंगड़, कॉपी-किताब की रद्दी दे दो।'

पिताजी पढ़ना-लिखना नहीं जानते थे और न ही माँ। पर दोनों बहुत मेहनत करते थे। हमारे कस्बे में एक स्कूल था जिसमें आस-पास के गाँव के बच्चे आकर पढ़ते थे। कुछ बच्चे कस्बे में ही कमरा लेकर रहते थे। ऐसे ही तीन-चार बच्चों को माँ खाने का टिफिन देती थीं। सुबह-शाम हमारे साथ-साथ उनके लिए भी खाना बनाना फिर उनका टिफिन देने जाना। सबमें उनकी बहुत दौड़-धूप हो जाती। लेकिन यह सब करके भी उन्होंने मुझे स्कूल भेजा था।

बेचारी माँ जीवन के अंतिम समय तक यह सब करती रहीं और एक रोज जब मैं स्कूल से वापस लौटा तो वे एकदम निढाल पड़ी थीं। मैं उन्हें इस तरह बेहोश देखकर घबरा गया। तत्काल मैं पड़ोसियों से मदद माँगने पहुँचा। एक आदमी से पिताजी को भी खबर करवाई जो उस वक्त रद्दी इकट्ठा करने निकले हुए थे। कुछ ही देर में एक डॉक्टर आया और जब उसने नब्ज चेक की तो पता चला हृदय गति रुक चुकी थी।

बाद में मुझे पता चला कि माँ को कोई गंभीर बीमारी थी। पर हम लोगों की गरीबी ने उसका इलाज नहीं होने दिया। वह खुद अंदर-ही-अंदर भयानक कष्ट सहन कर रही थीं और हमें छोड़कर जा चुकी थीं।

मेरे और पिताजी के दिन-रात गमगीन हो गए थे। सब कुछ इतना त्वरित हुआ कि माँ के जाने की बात पर विश्वास करना मुश्किल था। कई दिनों तक मुझे लगता रहा कि माँ रसोई से आवाज लगाकर मुझे खाने के लिए बुला रही हैं। मैं

अबोध बालक दौड़कर रसोई की तरफ भागता पर वहाँ तो सब कुछ वीरान था। माँ के बिना घर के चूल्हे को देखने की हिम्मत नहीं होती। महीने भर पिताजी काम पर भी नहीं गए और हम लोगों ने रूखा-सूखा खाकर काम चलाया। कभी-कभार पड़ोसी भी कुछ खाने की मदद कर देते थे।

माँ के जाने के बाद से तंगी और बढ़ चुकी थी। इतनी कि मुझे स्कूल भी छोड़ देना पड़ा। पिताजी की जो कुछ भी आय होती मुझे याद नहीं पड़ता कि उससे कभी दो वक्त की रोटी भी पेटभर खाई हो।

जब मैं थोड़ा बड़ा हुआ तो पिताजी के साथ कबाड़ के काम में उनका हाथ बँटाने निकलता। पिताजी बोरी भरकर रद्दी उठाते और मैं तराजू लेकर उसे तौलता। जाने क्यों हर रद्दी देने वाले की शिकायत रहती कि उनके हिस्से में कम पैसे आ रहे हैं जबकि मैं उन्हें बताना चाहता कि इससे एक पैसा भी ऊपर-नीचे हुआ तो हो सकता है कल हमारे घर चूल्हा न जल पाए। पिताजी अक्सर इन बातों में मुझसे चुप रहने को कहते।

एक रोज जब मैं और पिताजी रद्दी को लोहे, पेपर, किताब, प्लास्टिक इत्यादि को अलग-अलग हिस्से में बाँट रहे थे तब मेरी नजर एक किताब पर पड़ी जिस पर लिखा था- 'प्रेमचंद की चुनिंदा कहानियाँ'। मैंने वह किताब उठाकर अपने पास रख ली।

उन दिनों बिजली की व्यवस्था तो घर पर थी नहीं तो लालटेन जलाकर मैं रात को पढ़ता और जल्दी-जल्दी पढ़ने की कोशिश करता, ताकि ज्यादा तेल न जल पाए। क्योंकि सुबह से तो पिताजी के साथ काम पर जाना होता था जहाँ से हम बारह बजे के आस-पास लौटते। फिर हम मिलकर खाना बनाते, कभी-कभी तो चने खाकर ही काम चलाना पड़ता था। खा-पीकर फिर से चल देते गली-मुहल्लों से रद्दी का जुगाड़ करने।

जब वह कहानियों की किताब मेरे हाथ लगी तो जैसे मेरी नीरस जिंदगी में कोई सावन घिर आया हो। अब से मैं रोज काम से लौटने के बाद साहित्य जगत के उज्ज्वलतम रत्न मुंशी प्रेमचंद की कहानियाँ पढ़ने बैठ जाता। उनका तो हर एक शब्द, हर एक अक्षर लिखे हुए दृश्य आँखों के सामने जीवित कर देता है। प्रेमचंद की कहानी 'बूढ़ी काकी' ने तो मेरे अंतरतम को झकझोर दिया था। जब मैं 'पूस की रात' पढ़ने बैठा तो मैंने महसूस किया कि यह तो हम लोगों

की कहानी से ही मिलती-जुलती है। हल्कू और मुन्नी भी हमारी ही तरह गरीब और बदहाल थे।

मेरा अबोध मन उस किताब से तर्क के नये आयाम प्राप्त करने लगा था। समाज और दुनिया को देखने की नजर कुछ बदली प्रतीत होती थी। मुझे अहसास हुआ कि एक कहानीकार दरिद्रता और फटेहाली के जितने किरदार सोच सकता है उससे भी कहीं अधिक निचले दर्जे की जिंदगी जीने वाले लोग इस दुनिया में रहते हैं।

'बड़े घर की बेटी' और 'नया विवाह' जैसी कहानियों से कुछ हद तक अमीर लोगों के सुविधा-संपन्न जीवन पर भी मेरी दृष्टि पड़ी। प्रेमचंद को पढ़ने से धीरे-धीरे मेरी दुनियादारी की समझ बढ़ने लगी थी।

मुझे कहानियाँ पढ़ने का चस्का लग चुका था, जैसे भगवान ने इन्हीं कहानियों के लिए मेरे नसीब में स्कूल के कुछ साल लिखे थे, जहाँ से मैंने लिखना-पढ़ना सीखा। अपनी माँ का धन्यवाद करना भी मैं कैसे भूल सकता हूँ जिन्होंने इतने कष्ट सहकर भी मुझे स्कूल भेजा था।

अब से हर रोज घर लाई गई रद्दी में मेरी नजरें किताबों के ढेर पर होती कि मेरे हाथ कोई कहानी की किताब या कोई पत्रिका लग जाए। उन दिनों लोग कहानियों के बहुत शौकीन हुआ करते थे, तो अक्सर ऐसी पठन सामग्री मुझे आसानी से मिल जाया करती थी।

कभी-कभी मुझे बहुत खीझ उठती जब कोई कहानी पढ़ते वक्त उसके बीच के पेज गायब होते। मैं इस तरह से किताब फाड़ने वाले को मन-ही-मन बहुत कोसता। वह कहानी मुझे बीच में ही छोड़नी पड़ जाती। फिर मैं खुद से ही लिखकर कहानी को एक ऐसा अंत देने की कोशिश करने लगता जो उसके लेखक की ही तरह दिलचस्प हो। पर बार-बार मेरी ये कोशिशें खाली रह जातीं। तीन-चार लाइनें लिखने के बाद मुझे कुछ न सूझता और में कॉपी पटककर सोने चला जाता।

मेरी किताबों की अलमारी जैसे ही भरने लगती मैं रद्दी से उठाई गई किताबों को दोबारा रद्दी में डाल देता, जिसे कस्बे के एक बड़े रद्दी के कारोबारी के पास पिताजी ले जाते। इस तरह पुरानी, पर मेरे लिए नयी किताबों का आना और मेरे द्वारा पढ़ ली गईं किताबों का जाना चलता रहा।

एक रोज जब देश अपनी आजादी की तीसवीं सालगिरह मना रहा था, उस वक्त मेरी उम्र बीस वर्ष के आस-पास रही होगी। तब मेरे मन में एक विचार आया, जिस विचार ने अंततः मेरे द्वारा लिखी गई पहली कहानी की शक्ल ले ली।

उस कहानी में आजादी से पहले की पृष्ठभूमि पर एक घटना का वर्णन था। एक गाँव में लगान माँगने आए चार अंग्रेज सिपाहियों द्वारा गाँव की एक लड़की के साथ दुष्कर्म करके उसे मार डाला था। इस कृत्य की भनक जैसे ही गाँव वालों को लगी, आवेश में आकर गाँव के लोगों ने उन सिपाहियों को मौत के घाट उतार दिया।

चंद दिनों में ही एक बड़ी सैन्य टुकड़ी गाँव वालों से बदला लेने वहाँ आ पहुँची। लेकिन उनके बार-बार पूछने पर भी किसी ने नहीं बताया कि ये हत्याएँ किसने की हैं। कोई बोलता भी कैसे? उन विकृत मानसिकता वाले सिपाहियों को मारने में कमोबेश गाँव के आधे मर्द शामिल थे, जिन्होंने उनकी पीट-पीटकर हत्या कर दी थी। अब अंग्रेज सैनिकों ने पूरे गाँव को ही तहस-नहस करने का निर्णय कर लिया। तभी वहाँ एक बीस-बाइस साल का लड़का आया, जिसने हत्याओं का इल्जाम अपने सर ले लिया। गाँव वालों के सामने ही उसे गोली मारकर अंग्रेज चले गए। इस तरह एक लड़के के बलिदान ने पूरे गाँव को बचा लिया था। बलिदान देने वाला यह लड़का उसी मारी गई लड़की का भाई था। गाँव वालों ने उसकी बहन के साथ हुए अत्याचार का बदला लिया था और गाँव को बचाकर उस भाई ने हाथ पर बँधी राखी का कर्ज अपनी जान देकर उतारा था।

रद्दी में मिली एक पत्रिका पर मैंने एक जगह पढ़ा था कि नये लेखकों की रचनाएँ आमंत्रित हैं, साथ ही पता भी दिया हुआ था जहाँ रचनाएँ भेजी जानी थीं।

बस फिर क्या था, मैंने उस कहानी को बार-बार पढ़ा, थोड़ी काँट-छाँट की और भेज दी उस पत्रिका में छपने के लिए। किस्मत का दरवाजा खोलने का यह मेरा पहला प्रयास था।

अगले सप्ताह के अंक को देखने के लिए मैं शाम को एक दुकान की ओर बढ़ चला था, जहाँ कस्बे के सभी साहित्य प्रेमी जमा होते थे। मेरी नजरें उस पत्रिका को ढूँढ़ रही थीं जिसमें प्रकाशन हेतु मैंने अपनी पहली कहानी भेजी थी। कुछ मिनट ही हुए होंगे कि उस पत्रिका के नवीन अंक पर मेरी आँखें जम गईं।

पत्रिका को जैसे ही खँगाला यह देखकर मेरा मन सातवें आसमान पर पहुँच गया कि एक पेज पर 'बलिदान' शीर्षक के साथ मेरे द्वारा लिखी गई मेरी पहली कहानी मेरी नजरों के सामने थी।

कहानी के अगले पृष्ठ पर हुए छायांकन को देखकर मैं उसी तरह खो गया था जैसे कोई पंछी अपनी पहली उड़ान भरते वक्त आनंद में खो जाता होगा। जैसे कोई किसान अपनी लहलहाती फसल देखकर खोता होगा और कोई खिलाड़ी अपना पहला स्कोर करने पर। जहाँ मुझे दिखा मेरी रचना के अनुकरण में बनाए उस छायाचित्र में कुछ भयभीत लोगों के सामने गोरे पुलिस वाले बंदूक ताने खड़े हुए थे। मैं वह दृश्य देख ही रहा था कि वहाँ पर उपस्थित लोगों ने मुझ जैसे फटेहाल लड़के पर निगाहें डालीं और हैरत में पड़ गए कि मुझ जैसा कबाड़ का काम करने वाला लड़का आखिर वहाँ कर क्या रहा है ?

पर जब उन्हें ज्ञात हुआ कि मेरी कहानी उस पत्रिका में प्रकाशित हुई है, दुकान पर खड़े वे लोग और भी अधिक आश्चर्य से भर गए। जिले के गिने-चुने कहानीकार ही पत्रिकाओं में स्थान बना पाए थे। और अब एक कबाड़ वाले का पता भी उसके नाम के साथ पत्रिका में दर्ज था, अब एक कबाड़ वाला जो कि उनके कस्बे से था उन साहित्य के चहेतों में सम्मान की दृष्टि से देखा जा रहा था।

मैं पत्रिका खरीदकर घर की ओर चल दिया। रास्ते भर का वह सफर मुझे बहुत रोमांचकारी लगा। एक ऐसा आनंद मेरे भीतर से गुजर रहा था जिसे चाहकर भी शब्दों में बयाँ नहीं किया जा सकता। आखिर मैं फूला समाता भी कैसे ? मेरा नाम भी उसी पत्रिका में दर्ज था जिसके कुछ पृष्ठ पहले हरिशंकर परसाई और निर्मल वर्मा जैसे विख्यात साहित्यकारों की रचनाएँ चमक रही थीं। जिन लेखकों को पढ़कर सैकड़ों बार मन-ही-मन मैं उनकी लेखनी को नमन किया करता था।

घर पहुँचा तो पिताजी मुझ पर बरस पड़े कि हम लोगों की औकात इन किताबों को खरीदकर पढ़ने के बाहर है। तू तो बस रद्दी से ही चुनकर पढ़ लिया कर और अगर आगे से इस तरह का कुछ खरीदकर लाया तो ये पढ़ने का सारा भूत उतार दिया जाएगा। उनकी भी मजबूरी थी यहाँ खाने के लाले पड़े थे और मेरे हाथ मैं पत्रिका का नया अंक था, जिसकी कीमत हमारी हैसियत से ज्यादा थी।

पिताजी का गुस्सा ठंडा करने के इरादे से मैंने अपनी कहानी का आखिरी पेज आगे कर दिया, जिस पर दो कमरे के हमारे इस मकान का पता लिखा था।

लेकिन पिताजी का गुस्सा तो उल्टा बढ़ गया और उन्होंने वह पत्रिका छीनकर फेंक दी।

पहले तो मैं सकते में आ गया कि आखिर पिताजी इस तरह से क्यों झल्ला रहे हैं, फिर मुझे याद आया कि उन्हें कहाँ पढ़ना आता है और फिर मैंने उन्हें बताया कि इस किताब में मेरी कहानी छपी है और ये हमारे घर का पता है जिससे कि पाठक मुझसे मेरी रचनाओं को लेकर पत्र-व्यवहार कर सकें। इस बार पिताजी की आँखों में आँसू थे, वह पढ़े-लिखे न सही पर ये समझ गए थे कि उनके बेटे ने जरूर कुछ बहुत बड़ा किया है।

कुछ दिन बाद घर के दरवाजे पर एक डाकिए ने दस्तक दी। पिताजी को लगा किसी का पता पूछने आया है। वह गए तो उसने मेरा नाम लेकर पूछा कि क्या वे यहीं रहते हैं? पिताजी हैरान थे उनके अब तक के जीवन में ऐसा समय कभी नहीं आया था कि कोई डाक वाला आए, वह भी उनके ही घर डाक देने के इरादे से।

पिताजी ने मुझे बुलाया। उस पत्रिका की तरफ से मेरे नाम पर मनी ऑर्डर आया था, जिसे प्राप्त करने की पुष्टि में मेरे हस्ताक्षर होने थे। यह मेरे लिए पहला मौका ही था कि मुझे कहीं हस्ताक्षर करने थे। मैंने कुछ पत्रिकाओं में देखा था कि जब भी वे कोई व्यक्तिगत पत्र छापते उसके नीचे पत्र भेजने वाले के हस्ताक्षर होते। मैं भी उन पत्रों को देखकर अपने नाम के हस्ताक्षर बनाने की कोशिश करता रहता था। आज मेरे द्वारा वे ही हस्ताक्षर यहाँ करने के बाद यह प्रमाणित हुआ कि उक्त राशि मुझे प्राप्त हो गई है।

राशि बड़ी थी, कम-से-कम कबाड़ का काम करने वाले हम दोनों के लिए तो ऐसा ही था। पिताजी और मैं दिनभर कड़क धूप में बस्ती-बस्ती, इस चौराहे से उस चौराहे के चक्कर काटते तब जाकर कहीं महीने भर में इतनी आमदनी हो पाती थी। यह आमदनी जो चार घंटे में लिखी गई कहानी और एक-दो दिन तक शाम को काम से लौटने के बाद उसमें किए गए थोड़े-बहुत सुधार के बाद हुई थी।

अगले दिन से पिताजी अकेले ही काम पर जाने लगे, उनका आग्रह था कि मैं घर पर रहकर इसी तरह की कहानियाँ लिखने में अपना समय लगाऊँ जिससे हम लोगों की गरीबी के ये बेबस दिन खत्म हो सकें।

तब से हर हफ्ते-दो हफ्ते में मेरी कोई-न-कोई कहानी पत्रिका में स्थान बनाने लगी थी, जिससे दिन-ब-दिन हमारी महीने की आमदनी भी बढ़ती जा रही थी।

उन दिनों की कुछ अलग ही बात थी। वह दौर भुलाए नहीं भूलता। सब चीजें कितनी सस्ती हुआ करती थीं। उन दिनों मनोरंजन के अन्य साधन नहीं हुआ करते थे तो लोगों का रुझान इन पत्र-पत्रिकाओं की तरफ खूब हुआ करता था। तब तो रचनाकरों को भी अपनी रचनाओं के लिए पर्याप्त पैसे मिल जाते थे, यहाँ तक कि नये रचनाकार भी अच्छी पारिश्रमिक पाते थे। सबसे बढ़कर उस समय सम्मान हुआ करता था साहित्य का, साहित्यकारों का।

उस समय हमारे घर का मुख्य दरवाजा बिलकुल मरणासन्न स्थिति में था। हम लोग उसकी वजह से रात को निश्चिंत होकर सो भी नहीं पाते थे। वैसे तो कुछ खास ऐसा था नहीं जो चोरी हो जाता लेकिन जो भी था अगर उसमें से ही कुछ चोरी हो जाता तो हम कहीं के न रहते।

हमें तो आटा, दाल, नमक की जुगत के अलावा कुछ खर्च करना आता ही नहीं था। पर जब खाने-पीने के खर्चे के बाद भी बचत होने लगी तब सबसे पहले हमने उस दरवाजे को ही बदलवाया। अब रात को घर के बाहर होने वाली आहटों के बावजूद हम चैन की नींद सो सकते थे।

थोड़ी और स्थिति सुधरी तो मैंने बड़े आग्रह से पिताजी का कड़क धूप में घर-घर घूमकर कबाड़ जमा करने वाला काम छुड़वा दिया। एक बेटा जब अपना फर्ज निभाता है तो हर बाप को उस पर फख्र होता है। पर ऐसा करने वाले बेटे को कितनी संतुष्टि मिलती है यह मैंने उस दिन जाना था।

चार-पाँच महीने हुए होंगे कि हमारे घर पर पाठकों के पत्र भी आने लगे। अक्सर मेरी रचनाओं के प्रति वह साधुवाद देते और बताते कि कैसे मेरी कहानियाँ उनके सफर की थकान मिटा दिया करती हैं। मेरे कुछ प्रशंसक तो यहाँ तक कह देते कि फलानी पत्रिका वह सिर्फ मेरी कहानियाँ पढ़ने की वजह से ही खरीदते हैं। ये पत्र मुझे उसी तरह की सुखद अनुभूति देते जितनी रेगिस्तान में थककर चूर हुए किसी प्यासे आदमी को पानी का झरना मिलने के बाद होती होगी। इन पत्रों को पढ़ने के बाद कहानियाँ लिखने का मेरा उत्साह कई गुना बढ़ जाया करता था।

कुछ पाठक जिज्ञासु भाव से मेरे द्वारा लिखी गई कुछ रहस्यमयी मनोवैज्ञानिक कहानियों के बारे में पूछते जिनका अंत उनकी समझ से परे होता। मैं भी ऐसे

पत्रों का प्रति उत्तर अवश्य भेजता और उनके संशय का निवारण करके सुखद अनुभूति करता।

चार-पाँच साल गुजरे होंगे कि मैं तीन-चार पत्रिकाओं के लिए कहानियाँ लिखने लगा। मेरा कहानी संग्रह 'तीन दिन की जिंदगी' उन दिनों लोकप्रियता के चरम पर पहुँचा। कुछ लोग तो तब घर तक आकर उसकी एक प्रति पर मुझसे हस्ताक्षर लेते। मैं हस्ताक्षर के साथ ये लिख देता था- 'बाधाओं में ही सफलता का राज छुपा होता है।' हर हस्ताक्षर के साथ स्मृतिपटल पर रद्दी के ढेर में 'प्रेमचंद की चुनिंदा कहानियाँ' चमकती हुई दिखाई देती। धीरे-धीरे साहित्यकारों की प्रतिष्ठित सूची में मेरा भी नाम शामिल होने लगा था।

जब कभी मैं और पिताजी देर शाम अपने पुराने दिनों से आज तक के सफर को याद करते तो हमारी आँखों से भावुकता बह निकलती। पिताजी मुझसे बहुत प्रसन्न रहते, पर उन्हें अक्सर एक बात कचोटती थी जिसे वे बातों-बातों में जाहिर भी कर देते कि उन्हें कितना अफसोस है जो मेरी पढ़ाई उन्हें बीच में ही छुड़वानी पड़ी। मैं बड़ी नम्रता से उनसे कहता कि मेरी नियति मुझे सही मुकाम पर ले ही आई है। पढ़-लिख जाता तब तो किसी दफ्तर में अपने वरिष्ठ अधिकारी की घुड़कियाँ ही सुन रहा होता। तब कहाँ इतना वक्त मिलता कि कुछ लिख पाऊँ और न ही फिर मैं हजारों लोगों के चेहरे पर मुस्कान बिखेरने का जरिया बन पाता।

समय के साथ जब पैसे जुड़ते गए तो हमने पहली मंजिल के निर्माण का कार्य शुरू करा दिया। क्योंकि अक्सर मेरे कुछ प्रशंसक और साहित्यकार मित्र मुझसे मिलने आते जिसके लिए घर का ग्राउंड फ्लोर एक ड्राइंग रूम में तब्दील करना आवश्यक हो गया था। सेंटर टेबल के साथ सहारनपुर का एक प्रसिद्ध सोफा भी मिर्जापुर के बेइंतिहा खूबसूरत कालीन पर डाल दिया गया था।

मैं अमीरों की पंक्ति में तो नहीं पर उस समय के उच्च मध्यम वर्ग का प्रतिनिधि अवश्य बन गया था।

पिताजी अब मुझसे शादी के लिए कहने लगे थे, पर मैं लिखने में इस तरह रम चुका था कि मैं इस सब में नहीं पड़ना चाहता था।

इसका एक और कारण भी था। दिल्ली में साहित्यकार मंडली की एक

बैठक के दौरान मैं एक दिन उनसे मिला था जिनकी सुंदरता पर मैं देखते ही मुग्ध हो गया था। वे मुझसे उम्र में बड़ी थीं फिर भी उनसे शादी के अरमान दिल में पनप चुके थे।

उन दिनों साहित्यकारों में एक ट्रेंड देखने को मिल रहा था कि जितने भी साहित्यकार किसी साहित्यकार से शादी के बंधन में बँध रहे थे उनमें से ज्यादातर का कुछ ही सालों में तलाक हो जा रहा था। हर दो-एक दिन में अखबार में ऐसी खबरें छप ही जातीं कि साहित्य की दुनिया से जुड़े पति-पत्नी के बीच रिश्तों की खटास इतनी बढ़ गई कि शादी जैसा पवित्र बंधन भी तोड़ना पड़ गया। ऐसे कमजोर पड़ते रिश्तों की चर्चा साहित्यकार मंडली में गॉसिप का कारण बनते थे। निष्कर्ष के रूप में जो वजह मुझे समझ आई थी वह यह कि पति-पत्नी के रिश्तों में 'अहम' का कोई स्थान नहीं होता, अहम जो हम साहित्यकारों से इस तरह चिपका होता है जैसे कछुए से उसका बाहरी खोल।

यही कारण था कि वे विवाह नहीं करने के पक्ष में थीं। फिर भी हमने मिलना-जुलना जारी रखा।

जब पिताजी के देहांत के बाद मैं अकेला हो गया तो हमने साथ रहने का निर्णय किया। अपनी सारी जमा-पूँजी लगाकर मैंने दिल्ली में एक फ्लैट ले लिया। हम दोनों वहीं साथ में रहने लगे।

सब कुछ कितना अच्छा हुआ करता था। वे एक कवयित्री थीं। हम दोनों मिलकर किताबें पढ़ते। कभी वे मुझे अपनी कविताएँ पढ़कर सुनातीं तो कभी मैं उन्हें बैठकर बड़े रस से अपनी कहानियाँ सुनाता।

उनका काव्य संकलन 'ख्वाहिश दो घूँट की' हाल ही में प्रकाशित हुआ था जिसकी थीम थी कि कैसे समाज में एक पुरुष तो शराबी हो सकता है पर किसी महिला को अगर शराब या सिगरेट पीते कोई देख ले तो उसके चरित्र पर ही प्रश्न खड़े करने लगता है। समाज के इस दोहरे रवैये की वजह से स्त्री घुटने को मजबूर है।

उनके संग्रह से जो दो पंक्तियाँ मुझे याद पड़ती हैं-

'जाने कितने घट हैं रीते
दो घूँट पीते-पीते
वही जाम जो मेरे अधर हो

मार डाले तू जीते-जीते।'

हालाँकि मैं उनके स्त्री-मुक्ति से जुड़े इस तरह के रेडिकल विचारों से सहमत नहीं था, पर उनकी अभिव्यक्ति का सम्मान करता था। मेरा तो यही मानना था कि यह जरूरी नहीं है कि पुरुषों के गलत और अनैतिक कामों में भी महिलाओं को बराबरी के अधिकार की बात की जाए। मैं तो इसकी जगह स्त्री-शिक्षा जैसे मुद्दों पर अधिक प्रखरता से लिखता था।

वे न सिर्फ साहित्यिक रूप से इन बातों को उठाती थीं बल्कि अपने चरित्र में भी इस तरह की चीजें शामिल करने की पूरी कोशिश में रहती थीं। अक्सर दोस्तों के साथ नाइट आउट करना उनकी पसंदीदा हॉबी थी। हालाँकि उनका आग्रह रहता कि मैं भी इन सब में उनके साथ रहूँ। पर मैं ठहरा एक छोटे कस्बे से संबंधित आदमी। मैं कहाँ उनके पश्चिमी ड्रेसअप किए लोगों में घुल पाता। लिहाजा मैंने इस सब से दूर रहना ही बेहतर समझा।

कभी-कभी उनके दोस्त हमारे यहाँ आते। उनकी अभिजात्यवर्गीय बातों में मुझे कुछ रुचिकर नहीं लगता। वे लोग ड्रॉइंग रूम में बैठे आपस में हँसी-मजाक कर रहे होते और मैं बेडरूम में चुपचाप पड़ा रहता। मुझे यह बहुत खटकता। जब भी वे गरीब और साधन रहित लोगों पर व्यंग्यपूर्ण विनोद करते, मुझे लगता जैसे कोई खंजर मेरी ही ओर बढ़ाया जा रहा है।

हमें साथ रहते हुए दो साल के लगभग हुए होंगे कि उनकी रचनाओं के साथ-साथ उनके अंदर भी पश्चिमी सभ्यता की ओर झुकाव क्रमशः बढ़ता जा रहा था। अब उन्हें मेरा हर विचार ही उनकी आजादी पर प्रहार लगने लगा था।

एक रोज वे देर रात किसी पार्टी से आ रही थीं। बालकनी से देखते हुए मैंने पाया कि वे नशे में एकदम मदहोश हैं और उनका मित्र उन्हें जिस तरह से उठाकर ला रहा था वह देखकर मैं बहुत असहज हो गया था।

मैंने जब उनसे इस बारे में चर्चा की तो उन्होंने मुझे दकियानूसी बोलकर, मेरे संस्कारों और ग्रामीण पृष्ठभूमि पर प्रश्न खड़े करते हुए मुझे जाहिल-गँवार तक कह डाला। गुस्से में वे अपना आपा इस कदर खो बैठीं कि उन्होंने मेरे माँ-बाप को भी कोसना चालू कर दिया।

अमूमन इस तरह की बहसें रोज होती थीं पर मैं शांत रह जाता था पर इस

बार जो बोला गया था वह मेरे लिए असह्य था। मैंने भी उनके पश्चिम से प्रभावित नारीवादी विचारों की पोल खोल दी और यह तक कह दिया कि इस तरह रात में घूमने वाली महिला को हमारे समाज में तो बाजारू औरत ही समझा जाता है। जैसे ही ये शब्द 'बाजारू औरत' मेरे मुँह से फिसला, सहसा मेरे दिमाग पर उनके शब्दों की एक चोट-सी पड़ी, जिनमें उन्होंने मुझे जाहिल-गँवार कहा था। मेरा संयमित आचरण उस समय गुस्से की आग में इस हद तक बेकाबू हो गया था कि एक बेहद ही निकृष्ट शब्द मैं बोल बैठा। पर जुबाँ से तो तीर निकल चुका था और अब इस निकले हुए तीर को निष्प्रभावी बनाने जैसा कोई भी शब्द मेरे तूणीर में शेष नहीं था।

उसी रात वे अपना सारा सामान लेकर चली गईं। उनके सामान से कुछ जो बचा था उसमें दो-तीन वाइन की बोतलें थीं, जो उनके किसी NRI दोस्त ने उन्हें गिफ्ट की थी।

अगले तीन-चार दिनों के बारे में तो मुझे बस इतना ही याद है कि वहाँ दो-तीन वाइन की बोतलें और फ्रिज में रखा हुआ खाने का सामान खत्म हो चुका था। दो-तीन बोतलें इसलिए कह रहा हूँ क्योंकि उस वक्त नैनों से सावन-सी बरसात हो रही थी, दिमाग सुन्न था और समय के पर लगे हुए थे। हो सकता है बोतलें दो हों अथवा तीन हों या फिर दो और तीन मिलाकर पाँच। बोतलें हों ही यह भी जरूरी नहीं। उस रात के बाद का कुछ-कुछ ऐसा है मानो शरीर को बेहोशी का इंजेक्शन दे दिया गया हो। नहीं-नहीं, दिमाग को।

मैंने फ्लेट बेच दिया। दिल्ली छोड़ दी और चला आया अपने कस्बे। उसी घर में जहाँ बचपन रद्दी के ढेर से कहानियाँ पढ़ते हुए बीता था।

मैं निरा अकेला हो गया था। जिस दिन मैं दिल्ली से अपने घर आया था, पूरी रात ही रोते हुए बीती थी। जैसे कोई नन्हा बच्चा अपने माता-पिता को पास न पाकर चीखने लगता है। उस रात माँ और पिताजी की याद में निकली मेरी चीखों से भी कई सालों से सूना पड़ा घर गूँज रहा था।

कुछ दिनों बाद जब में विषाद की उस अति कष्टकारी परिस्थिति से बाहर निकला तो एक खाली कॉपी और कलम उठाकर लिखने बैठ गया। पर मुझे याद आने लगता उनका वह चेहरा जिसमें उस रात उनके जाते वक्त मैं थोड़ी-सी नमी ढूँढ़ रहा था। जिसमें मुझे दुख या चिंता की एक कोरी रेखा तक नहीं दिखाई दी

थी। जबकि मेरी आँखें साफ बता रही थीं कि मुझे उस वक्त भी उनकी हमदर्दी की उतनी ही जरूरत थी जितनी कि तब थी जब पिताजी मुझे छोड़कर गए थे।

एक रोज जब मैं बार-बार लिखने में उन्हें महसूस करने लगा था और पूरी कहानी तो क्या कई दिनों में एक पैराग्राफ तक नहीं लिख पाया था। तब मैंने तंग आकर घर में जितनी भी किताबें थीं, पत्र-पत्रिकाएँ थीं सबको आग लगा दी। मैं भुला देना चाहता था कि मैं कभी कहानीकार भी था। एक कहानीकार जिसे एक कवयित्री से प्रेम था।

मैंने खुद को अपने घर की चारदीवारी में बंद कर लिया। मेरे पास बहुत-सी सेविंग्स थी और दिल्ली के फ्लैट को बेचकर भी पर्याप्त पैसे मिले थे। जिस पैसे को मैंने शराब और सिगरेट जैसे दुर्व्यसनों में लगाना चालू कर दिया। मैं हर वक्त इतने नशे में रहने लगा कि कई साल मैंने इस तरह से गुजारे हैं कि मुझे याद भी नहीं वह मेरी जिंदगी का हिस्सा थे भी या नहीं।

धीरे-धीरे मेरे बैंक अकाउंट खाली होते गए, और एक रोज ऐसा आया कि मेरे पास खाने तक के लिए पैसे नहीं थे। मैंने अपना सोफा, टेबल, पर्दे, गलीचे, सजावटी समान इत्यादि सब बेच डाला जिससे किसी तरह दो-तीन साल और चल गए।

फिर मुझे मजदूरी करके अपना पेट पालना पड़ा। इन्हीं दिनों मैंने स्थिर होकर शराब-सिगरेट की बुरी लत छोड़ने का निर्णय लिया जो मेरी सीमित आय के लिए शाप बन चुके थे।

देश आजादी के सत्तर सालों के जश्न में जगमगा रहा था। मेरे हाथ अब बूढ़े हो चले थे। अब मजदूरी करना जैसे मेरे बस के बाहर ही हो गया था। इन झुर्रीदार हाथों से पूरी जान लगाकर मैं मेहनत करता था फिर भी ठेकेदार गालियाँ बकता- दिन ढलने के साथ बेजान होते जाते मेरे हाथों को, बुढ़ापे की वजह से धीमी पड़ती मेरे काम करने की गति को। मुझे क्या कुछ नहीं सुनना पड़ता था।

एक दिन जब महीनों बाद मैं घर की सफाई कर रहा था तभी मेरे हाथ एक किताब लगी जिस पर लिखा था- 'प्रेमचंद की चुनिंदा कहानियाँ'। किताब जर्जर अवस्था में थी, पर उसने मुझे स्मृतियों के एक सैलाब में ले जाकर छोड़ दिया। जिससे मुझे याद हो आया था कि मैं कभी एक कहानीकार था। जिस रचनाकार

को पढ़कर कहानियाँ लिखने की कोशिश करता था आज एक बार फिर वही कहानी लिखने का प्रेरणास्रोत बन चुका था।

मेरे बूढ़े हाथ ईंटों के ढेर उठाते, इससे अच्छा था कि वे कलम उठाएँ यह विचार कर मैंने फिर से कहानियाँ लिखना शुरू कर दिया। पर अब विचारों में वह पैनापन नजर नहीं आ रहा था, फिर भी एक पुराने कहानीकार को लय पकड़ने में कितनी देर लगती।

फिर से मेरी कहानियों को पत्रिकाओं में स्थान मिलने लगा था। पर इस जमाने में महँगाई बढ़ चुकी है, जिसकी तुलना में आय बहुत कम है। इंटरनेट के जमाने में कहानियाँ पढ़ता ही कौन है? लोग तो आजकल मीम्स और वीडियोज की दुनिया में खोए हुए हैं।

पिछले दो सालों से जब से मैंने दोबारा कहानियाँ लिखना शुरू किया है, मेरा यही अनुभव रहा कि आज के जमाने में साहित्यकारों का वह सम्मान नहीं रह गया है। अब तो हर गली-मोहल्ले में लिखने वाले हो गए हैं, पर पढ़ने वाले...।

एक कहानी से बमुश्किल हफ्ते भर की गुजर हो पाती और कहानी अगर किसी हफ्ते पत्रिका में न छपे तब तो दुकानों पर उधार करना पड़ जाता है। जिस उधार के एवज में कभी-कभी तो दो-चार बातें भी सुननी पड़ जातीं हैं।

अच्छा हुआ आज खुद की यह कहानी लिख दी। अब इंतजार करते हैं संपादक महोदय को पसंद आती है अथवा नहीं। आखिर बस दो ही दिन का तो राशन बाकी है, नहीं तो पता नहीं अब उधार लेने के लिए और किसके आगे हाथ फैलाने पड़ जाएँ?

कहानियों के बाद

किसी भी लेखक के लिए उसकी पहली किताब बहुत खास होती है पर मेरे लिए उससे भी ज्यादा खास हैं आप, पहली किताब को पढ़ने वाले पाठक। क्योंकि आप मेरे पहले पाठक हैं। इसलिए इस किताब को आगे ले जाने का दायित्व आप पर ही डाल रहा हूँ, इस आशा से कि आपको कहानियाँ पसंद आई होंगी। ई-कॉमर्स साइट (अमेजन, फ्लिपकार्ट) पर आपकी रेटिंग का बेसब्री से इंतजार है, साथ ही किताब के साथ आपकी तस्वीरों का भी। (पुस्तक के शुरुआती पृष्ठों में मेरा ईमेल और फेसबुक एड्रेस आपको मिल जाएगा।)

कई बार जब मैं अपनी कहानियाँ लोगों को सुनाता हूँ तो वे मुझसे पूछते हैं कि आपकी पहली कहानी कौन-सी थी? मैं अपनी पहली कहानी उन्हें इस शर्त के साथ सुनाता हूँ कि उन्हें इस कहानी का रहस्य समझने के लिए थोड़ी माथापच्ची करनी होगी।

मैं आपको भी अपनी पहली कहानी 'तीन दिन' जो कि एक लघुकथा है, प्रेषित कर रहा हूँ। इसके पीछे उद्‌देश्य आपसे बातचीत का सिलसिला शुरू करने का है। इस कहानी में आपको क्या समझ आया, यह आप मेरे समक्ष फेसबुक अथवा ईमेल के माध्यम से रख सकते हैं।

तीन दिन

"सुमित कल आया था डॉक्टर, कल उसका तीसरा दिन था"

"कितनी देर रुका था वह?"

"यही कोई दस-पंद्रह मिनट"

"अच्छा! क्या बात हुई उससे?"

"वह मेरी हालत को लेकर चिंतित था डॉक्टर उसने कहा मैं जल्दी ठीक हो जाऊँगा।"

"तुम्हें याद है तुम पहली बार कब मिले थे उससे?"

"चार दिन पहले।"

"तुम्हारी इतनी जल्दी दोस्ती भी हो गयी?"

"मेरा कोई दोस्त नहीं है डॉक्टर, उसने हमदर्दी दिखाई तो हो गई दोस्ती।"

"तुमने उसे पहली मुलाकात में क्या-क्या बताया?"

"यही कि मेरा इस दुनिया में कोई नहीं है और मेरी बीमारी की वजह से जो दोस्त बनते हैं वे भी एक-दो दिन में दोस्ती तोड़ देते हैं।"

"अच्छा क्या तुमने उससे पूछा कि वो कहाँ रहता है?"

"नहीं वह जल्दी में था तो चला गया।"

"वह तीन दिन से रोज आ रहा है यहाँ?"

"हाँ रोज।"

"तो तुम उससे पूछते नहीं कि वह कहाँ रहता है? क्या करता है?"

"पूछता हूँ पर वह खामोश रहता है कुछ नहीं बताता।"

"वह तुमसे कुछ कहता है?"

"हाँ वह बार बार कहता है मुझे तुमसे सहानुभूति है।"

"वह किस समय आता है?"

"ठीक इसी समय डॉक्टर"

"क्या वह तुम्हारा नाम लेकर बात करता है?"

"नहीं डॉक्टर।"

"जब तुम पहली बार मिले थे तो क्या तुमने उसे अपना नाम बताया था?"

"नहीं उसने मुझसे पूछा नहीं।"

"और तुमने उसका नाम पूछा था, राइट?"

"हाँ तभी से मैं जानता हूँ वो सुमित है।"

"अच्छा! अच्छा!"

"वैसे आपका नाम मैं कल पूछ नहीं पाया था आपका नाम क्या है डॉक्टर?"

(खामोशी)

"आप कहाँ रहते हैं डॉक्टर?"

(खामोशी)

"आपने तो कल कहा था आप सच में आएँगे डॉक्टर?"

"ओह! तो आप दो दिन और आने वाले हैं डॉक्टर?"